방과 후의
성녀님이
고귀하지만은
않다는 것을,
나는 알고 있다
4

CONTENTS

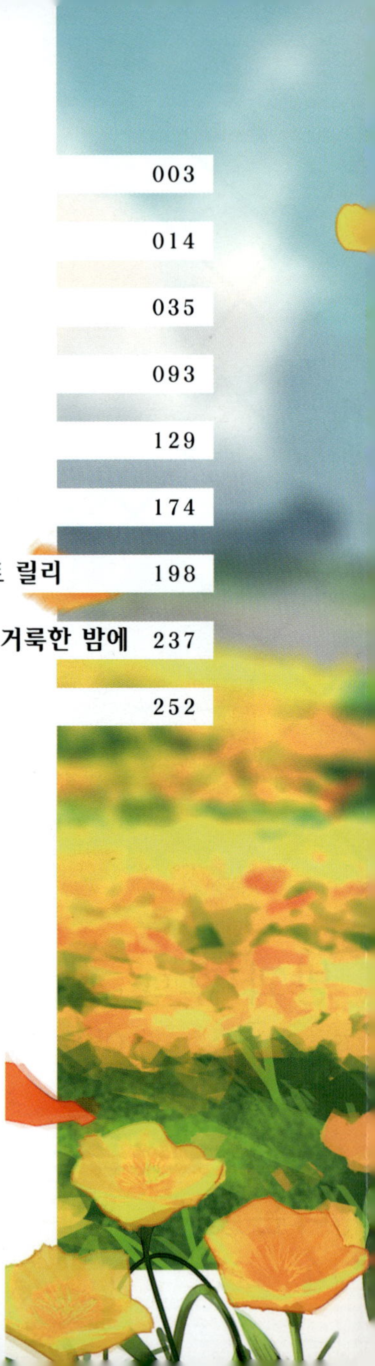

4
방과 후의 성녀님이
고귀하지만은
않다는 것을,
나는 알고 있었다
일러스트 : 타쿠본
토즈카 리쿠

CHARACTER

인물소개

쿠라키 야마토

평범하고 지루한 하루하루를 보내던 평범한 남자 고등학생. 어머니와 둘이 살아서 집안일을 나름대로 잘한다.

시라세 세이라

아름다운 용모와 신비로운 분위기로 사람을 끌어당기는 미소녀. 주변에서는 성녀라고 불린다.

신죠 에이타

분위기를 잘 띄우고 친구를 소중히 여기는 학급의 인기인. 팬이 된 여학생도 많다고 한다.

타마키 메이

밝고 싹싹한 소동물계 여자. 성적이 우수하고, 학급위원도 담당하는 우등생 일면도 있다.

○ 일러스트 : **타쿠본**

1화 평소와 다른 일상

추야장(秋夜長)이라는 말이 있다.

9월 하순의 추분(秋分)부터 겨울이 시작되는 11월 초의 입동(立冬)까지를 가리키는 말인데, 해가 짧아지고 밤이 길어진다고 한다.

그렇다면 밤을 좋아하는 그 아이는 가을이라는 계절도 좋아할 거다.

10월 초순.

그 밤, 야마토는 익숙한 타워 맨션 앞에서 있었다.

이미 시각은 밤 9시를 지났지만, 감각이 마비됐는지 오히려 적절한 시간대로 보였다.

스마트폰을 확인하자, 새로운 메시지는 없었다. 몇 시간 전에 보낸 메시지도 읽은 표시가 붙지 않았다.

야마토는 기운을 북돋으려는 듯 하고 한숨을 훅 쉬면서 현관에 발을 들였다.

도어록이 달린 문 앞에서, 세이라의 방 번호를 입력하고 초인종을 눌렀다.

잠시 그 자리에 정숙이 찾아왔지만, 반응은 없었다.

"……부재중, 인가."

어이없기도 하고, 혹은 낙담한 듯한 마음이 들었다.

이 시간에 여고생이 귀가하지 않았다, 혹은 다시 외출했다는 건 본래 걱정할 일이지만, 상대가 세이라라면 다르다.

그것도 여느 때라면―― 말이지만.

――여름방학 마지막 날 밤, 세이라는 한동안 놀 수 없다고 말했다.

그 말은 새 학기가 시작되고 나서 정말로 이루어졌다.

그로부터 야마토와 세이라는 방과 후에 한 번도 같이 놀지 못했다.

함께 밤거리를 돌아다니지도 못했고, 하교하지도 못했다.

다만 싸운 것도 아니기에 학교에서 쉬는 시간이 되면 평범하게 이야기를 나누고, 점심시간에는 지금까지와 같이 옥상에서 함께 점심을 먹는다.

하지만 방과 후에 뭘 하느냐는 질문에는 멀쩡한 대답을 들을 수 없었다.

친척 모임에서 무슨 일이 있었는지도 여전히 설명이 없었다.

그런 상황이 이어지고 있기에 오늘은 미리 이야기를 나누려고 집까지 찾아왔지만, 봐서는 만날 수는 없을 것 같다.

"하아……."

한숨을 살짝 쉰 야마토는 그 자리를 떠났다.

세이라에게서 『미안, 바빠서.』라는 대답이 메시지로 당도한 것은 야마토가 잠든 심야가 되어서였다.

◇

“어제는 미안해. 무슨 일 있었어?”

다음 날 점심시간, 옥상에서. 완전히 블레이저로 갈아입은 세이라가 빵을 입에 물고 덤덤히 물었다.

“아니, 딱히 대단한 건 아닌데. 문화제도 얼마 안 남았으니까 잠깐 상담하고 싶어서.”

“아~ 그런 거였구나. 우리가 주역이잖아.”

“어쩌다 보니, 말이지만.”

그렇다. 올해 문화제에서 야마토와 세이라는 틀림없이 주역이라고 할 만했다.

야마토의 2학년 B반은 올해 문화제에서 연극을 공연하게 되었다. 그 주역을 연기하는 것이 야마토와 세이라다.

연극 주제는 『백설공주』.

아름다운 소녀 백설공주는 그 미모를 질투한 마녀에 의해 독사과를 먹고 영원한 잠에 빠지지만, 왕자의 입맞춤으로 눈을 뜬다는―― 그야말로 왕도 러브 스토리다.

배역 결정은 2학기 초에 이루어졌는데, 히로인 백설공주 역은 만장일치 추천으로 세이라가 되었고, 그 후에 감독을 맡게 된 에이타와 각본 담당인 메이가 밀어주는 바람에 그야말로 어쩌다 보니 야마토가 왕자 역으로 정해졌다.

다만 이건 떠밀려서 정해진 건 아니다.

최종적으로는 야마토가 결단해 스스로 『입후보』한 것이다.

다른 반이나 다른 학년 학생들은 뜻밖의 배역이라고 생각하겠지만, 2학년 B반 아이들 사이에서는 딱히 반론하는 목소리가 나오지 않았고, 오히려 확정 노선이라는 분위기조차 있었다.

이건 세이라도 예외가 아니라, 정해진 직후에는 "힘내자."라며 말을 걸었다.

연극 연습은 배역이 정해진 직후 바로 시작했고, 이미 제법 완성도가 좋아졌다.

그래서 상담이 있다는 야마토의 제안에는 세이라도 어리둥절하면서 고개를 갸웃했다.

"그래서? 상담할 일이라니? 혹시 의상이 빡빡해? 사이즈 조정이라면 아직 늦지 않은 것 같은데."

"의상은 괜찮아. 아니, 왕자님 의상은 송구스럽고, 디자인적으로는 거부감이 들지만, 사이즈로 따지면 시라세야말로 최근 점심 먹는 양이 많은데 괜찮아? 오늘도 빵을 네 개나 먹고 있잖아."

"괜찮아. 전에도 말했지만, 나는 먹어도 안 찌니까."

세이라는 직접 확인해 보라는 듯 야마토의 손을 잡아서 자기 옆구리를 만지게 했다.

교복 너머에서 말랑말랑 부드럽게 느껴지는 그 감촉은 확실히 잘록해서, 대체 조금 전에 먹은 빵의 칼로리는 어디로 간 건지 신기해서 견딜 수가 없었다.

“화, 확실히, 이건 대단하네……. 먹은 건 대체 어디로 사라진 건지.”

“가슴이라든가? 아직도 성장하는 것 같으니까.”

세이라는 자기 가슴을 손으로 받치며 ‘만져 볼래?’ 라고 말하려는 듯 이쪽을 보고 고개를 살짝 갸웃했다.

야마토는 침을 꿀꺽 삼키면서 잠깐 그 감촉을 상상해 보지만, 금방 고개를 좌우로 내저었다.

“그래서? 무슨 이야기였더라?”

“그야 가스——이게 아니고! 저기…… 아, 연극 말이야.”

“가슴공주?”

“그만 놀려…….”

“아하하, 미안하다니까. 연극 일로 상담이 있었지.”

겨우 본론으로 돌아오게 되었지만, 야마토는 말을 흐리면서 고개를 수그렸다. 왜냐하면, 본래의 목적은 연극 관련이 아니라 최근 세이라와의 거리감에 관한 이야기였기 때문이다.

“야마토?”

“뭐랄까……. 뭐, 연극 이야기라면, 나는 역시 시라세하고는 어울리지 않는다는 걸 통감하는 나날이었던 것 같은데.”

얼버무릴 생각으로 말하기는 했지만, 이건 정말로 고민하는 일이기도 했다.

그러나 세이라는 그렇게 생각하지 않는 모양이었다.

“그런가? 나는 지금도 충분히 괜찮다고 생각하는데. 야마토도 대사는 전부 익혔고, 감정도 전달되잖아. 그런 거로는 안 돼?"
"그건 뭐, 최소한이라고나 할까……."
연극 연습이 시작된 이후 야마토는 매일 자율 연습을 빼먹지 않았고, 대사도 금방 암기했다. 참조용 영화나 뮤지컬 작품도 시청했고, 반 아이들 여러 명의 힘을 빌려서 아무튼 열심히 몰두했다. 처음에는 남들 앞에서 연기하는 것이 쑥스럽고 부끄럽기도 했지만, 그것도 금방 극복했다.
그건 오로지 세이라에게 방해가 안 되기 위해서였다. 그리고 바라건대, 그 곁에 서기에 부끄럽지 않은 존재가 되고, 잘 어울릴 수 있게 되고 싶다는 마음이 있었기에 계속할 수 있었다.
애초에 왕자 역으로 입후보한 것도 주변에서 판을 깔아준 덕분이기도 하지만, 현재 세이라와의 관계를 바꿀 계기가 되었으면 하는 바람이 있었던 게 발단이다. 그 밖에도, 단순히 세이라와 보내는 시간이 늘어난다는 계산도 있었다.
모두 세이라와의 관계를 생각하고 있기에 성립되었던 거다.
그런 사적 감정이 넘치는 노력을 이어간 보람도 있어서, 지금의 야마토는 주변에서 인정할 레벨로 왕자 역을 연기할 수 있게 되었다.
그러나 뭔가 부족하다는 느낌이 들었다. 세이라의 연기와는 근본적으로 다르다.
그 차이는, 이른바 카리스마성 때문일지도 모른다. 하지만 그걸 인정하고 포기하는 건 뭔가 아닌 것 같았다.
그래서 지금도 우직하게 노력하고 있지만…… 역시나 도저히 따라잡을 수 없었다. 예시로 거론하는 건 주제넘은 일일지도 모르지만, 츠바키가 말했던 세이라에 대한 열등감의 일부를 야마토도 맛보게 된 것 같았다.

“잘 모르겠지만, 딱히 상관없지 않을까?”

그런데도 세이라는 느긋하게 기지개를 켜면서 말했다. 이것에는 야마토도 인상을 찌푸렸다.

“그렇게 노골적으로 귀찮아하면 우울해지는데.”

“아니야. 귀찮은 게 아니라, 저기, 뭐라고 말해야 할까……. 왕자님이 된 야마토는 멋있으니까, 그래도 괜찮을 거라는 이야기야.”

“내가, 멋있다고……?”

별로── 아니, 거의 듣지 못한 말이라서 야마토는 그만 목소리가 상기됐다.

그런데도 세이라는 아랑곳하지 않은 채 고개를 끄덕였다.

“멋있었어. 특히 클라이맥스 대사가 굉장했는걸. 야마토가 진지한 얼굴로 ‘이제야 눈을 떴구나. 나의 프린세스.’ 라고 말했잖아. 그건 굉장했어.”

“저기, 놀리는 거 아니지?”

“안 놀려. 확실히 많이 닭살 돋는 대사이기는 하지만, 야마토가 말하니까 멋있다는 생각이 들었어.”

참고로 그 ‘많이 닭살 돋는 대사’ 는 대부분 순정만화 모드에 돌입한 각본 담당 메이가 각색한 결과다. 아무튼 이렇게 세이라의 말을 듣다 보면 고민하던 자신이 이상한 거 같으니까 신기하다.

그 덕분에 조금 머리가 차분해진 야마토는 덩달아 기지개를 크게 켰다.

“뭐, 없는 걸 졸라도 별수 없나. 당일도 얼마 안 남았고, 그저 할 수 있는 걸 할 수밖에 없으니까.”

“맞아~맞아~. 지금도 충분히 노력하고 있으니까 딱히 초조해하지 않아도 돼.”

“그러게. 고마워. 조금 개운해졌어.”

“그럼 다행이네.”

세이라가 해준 말은 야마토가 안고 있는 고민의 본질—— 두 사람의 관계에 관해서도 효과가 있어 보였다.

그렇기에 야마토도 지금은 초조해하지 말고, 할 수 있는 일에 최선을 다해 노력하고자 생각을 고쳤다.

그렇지만…….

그런 마음도 방과 후를 맞이하고, 학급의 연극 연습 시간이 되었을 때 곧바로 변하게 되었다.

세이라가 연기하는 백설공주가 난쟁이들에게 사랑 이야기를 하는 장면에서.

“——내가 좋아하는 사람은 왕자님밖에 없어.”

그 짧은 말을 입에 담은 백설공주는 틀림없이 사랑에 가슴을 애태우고 있었다.

살며시 붉어진 두 뺨이, 몽롱하고 가늘게 뜬 눈가가, 이 자리에 없는 왕자님을 생각하는 그 모습이—— 보는 사람들 모두의 가슴을 뛰게 한다.

그 동작은 생동감이 넘쳐서, 도저히 여름에 '연애를 잘 모르겠어.' 라고 말했던 소녀의 행동으로는 보이지 않을 정도였고, 이게 연기라는 걸 잊을 것만 같았다.

모두가 그런 세이라에게 사로잡히는 가운데, 멀리서 지켜보는 왕자만큼은—— 야마토만큼은 말로 표현하기 어려운 초조함에 휩싸였다.

(역시, 이대로는 안 되겠어…….)

이때의 야마토에게는 이미 우직하게 노력할 여유가 조금도 남아있지 않았다.

그렇기에 야마토는 세이라에게 반쯤 경쟁하듯 맹렬한 집중력으로 연습에 임했다.

에이타와 메이는 그런 야마토의 모습을 걱정스레 지켜보며 얼굴을 마주하고 있었다.

이날 반 연습은 두 시간 정도 이어지다 끝났다.

최근 세이라는 수시로 스마트폰으로 스케줄표를 확인하고 있어서 무척 바빠 보였지만, 문화제 연습을 땡땡이친 적은 없다.

그러나 그건 어디까지나 정해진 연습 한정이었고, 결속력이 적은 자유 연습 시간이나 회의라고 칭하는 대화 자리 등에는 전혀 참가하지 않았다.

그리고 이날도, 세이라는 해산하자마자 재빨리 교실을 나가려는 모양이었다.

"야마토, 내일 봐."

그렇게 인사만큼은 매번 꼬박꼬박 하고 가는지라, 교실에 남은 야마토는 주변에서 차가운 시선을 받게 되었지만.

"이봐, 쿠라키."

거기서 에이타가 말을 걸어왔다. 최근에는 배려해서 그런지 에이타가 세이라와의 관계를 놀리는 일은 줄어들었지만, 오늘은 뭔가 다른 것 같아서 경계심이 들었다.

"뭔데? 감독."

"좋아. 그 감독 명령이야. 오늘은 지금부터 잠깐 회의할 테니까, 참가하라고."

"뭐, 딱히 상관은 없지만. 노래방 같은 거라면 거절할 건데?"

"장소는 패밀리 레스토랑이야. 중요한 상담회를 할 거니까."

"상담회?"

"됐으니까 됐으니까. 그리고 타마키하고 게스트도 한 명 참가 예정이니까 기대하라고."

"뭐……?"

야마토는 혹시 그 게스트가 세이라는 아닐까 하고 희미하게 기대하며 에이타의 뒤를 따라갔다.

2화 백설공주와 성녀님

"캑."

패밀리 레스토랑에 들어선 야마토는 저도 모르게 인상을 찌푸렸다.

"안녕하세요. 오랜만에 재회한 것치고는 태도가 대단히 나쁘군요. '야마토 선배'?"

4인석에서 싱글벙글 웃고 있던 것이 청순가련 요조숙녀——츠바키였기 때문이다.

집안이 좋은 아이들이 다니는 여학교의 세일러 교복(동복 사양)을 차려입은 모습은 의연하면서도 변함없이 굉장히 귀엽다. 그러나 지금의 야마토는 왠지 얼굴을 보기 거북한 기분이었다.

그 옆에 메이가 앉아 있는 시점에서 게스트는 츠바키로 거의 확정이다. 혹시 자신의 마음을 알아채고 츠바키의 이름을 숨겼던 건가 생각한 야마토가 에이타를 노려봤다.

그러자 에이타는 허접한 휘파람을 불면서 시선을 노골적으로 피했다. 얼버무릴 생각도 없는 게 뻔히 보여서 오히려 성질이 났다.

일단 야마토는 츠바키에게 사과하기로 했다.

"아니, 미안해. 태도가 나빴어."

"이해해 주셨다면 다행이네요. 그곳은 통행에 방해되니까 어서 앉으세요."

"그럴게."

에이타가 앉으려고 하지 않았기에, 야마토는 어쩔 수 없이 츠바키의 맞은편에 앉았다.

"그럼, 나는 드링크바 시키고 올게~."

"아, 나도."

"그럼 주문을 정리하죠. 야마토 선배도 시키실 건가요?"

"으음, 그럼 드링크바만."

"알겠습니다."

이윽고 주문한 것들이 테이블에 올라가자, 야마토가 입을 열었다.

"그래서? 오늘은 대체 무슨 모임이야?"

의심스럽게 에이타와 츠바키를 교대로 바라보자, 뜻밖에도 대각선 앞에 앉은 메이가 거수했다.

"오늘 모임은, 쿠라키 군을 격려하는 모임입니다!"

그리고 대단히 잘 들리는 목소리로 당당하게 말했다. "흥." 하고 의기양양한 표정을 지은 메이는 무척이나 의욕적으로 보였다. 그 모습을 보기만 해도 가슴이 쓰리다.

그리고 즉, 오늘 모임의 주최자는 메이인 모양이다.

"저기……. 그래서? 두 사람은 어떻게 된 거야?"

"무시하지 마아~~!"

울며 달라붙듯이 손을 뻗는 메이의 동작은 보호 욕구를 자극해서, 까놓고 말하면 굉장히 귀여웠다. 저도 모르게 얼굴이 조금 풀어졌다.

"선배는 로리콘이었던 건가요."

"뭐?! 아니거든?!"

"응? 쿠라키 군은 로리콘이었어?"

아무래도 츠바키에게 메이는 『로리』에 해당하는지, 야마토를 보는 시선이 따가웠다. 일단 메이가 더 연상이건만.

정작 메이는 로리 취급을 당한 걸 깨닫지 못한 채 동그란 눈으로 야마토를 바라봤다.

그때, 혼란스러워지는 상황을 기다렸다는 듯이 에이타가 거수했다.

"갑자기 뭔데?"

"아니, 슬슬 감독이 나설 차례인가 해서."

"뭐, 본론을 시작해 준다면 누가 말하든 딱히 상관없지만."

든든하게 치즈 햄버그 정식을 시켰던 에이타는 뜨거운 햄버그를 나이프로 자르면서 이야기를 시작했다.

"그나저나, 오늘의 성녀님도 굉장했지!"

"그러게! 정말 나까지 심쿵하더라니까!"

"무슨 말이죠? 자세히 가르쳐 주세요."

"있잖아, 오늘——."

덜컹. 거기서 야마토는 자리에서 일어났다.

"미안해. 그런 이야기라면 오늘은 먼저 갈게."

단번에 얼어붙은 분위기 속에서, 허둥대는 메이와 시무룩해진 츠바키를 제쳐놓고 에이타가 야마토의 팔을 잡아 다시 앉혔다.

"너무 재촉하지 마. 자, 햄버그를 잘랐으니까 모두 먹자고."

그렇게 달래면서 햄버그와 밥이 조금 올라간 접시를 내밀자, 야마토는 살짝 한숨을 쉬었다.

"알았어, 잘 먹을게."

야마토가 마지못해 햄버그를 먹자, 뜨거운 육즙 때문에 입에 화상을 입을 뻔했다.

여자들은 먹길 거부했는지, 에이타는 어깨를 떨구며 말했다.

"딱히 초조해할 건 없잖냐. 성녀님과 널 비교할 필요도 없는데 말이지."

갑작스럽게 이야기 본론이 시작되었기에, 야마토는 햄버그를 다 씹은 뒤에 대답했다.

"그건 나도 알지만……. 하지만 너희도 싫잖아. 주역이 전혀 어울리지 않는다니."

"아니, 적어도 나는 비교하지 않는다고. 감독으로서, 종합 밸런스라는 의미에서 배역의 외관을 고려하기는 하지만, 그건 단순한 비교와는 다르니까 말이지."

"……………."

예상 이상으로 멀쩡한 대답이 돌아왔기에, 야마토는 뭐라고 대답해야 할지 곤란해졌다.

대답이 궁해진 야마토에게 이번에는 메이가 입을 열었다.

"나도 각본을 담당하고 있지만, 쿠라키 군과 성녀님을 비교한 적은 없어. 두 사람이 나란히 선 모습을 머릿속으로 상상하거나, 성녀님밖에 보지 않을 때는 있다고 생각하지만."

그건 이미 망상이라고 해야 하겠지만, 아무튼 야마토의 생각과는 다른 모양이다.

그때 샐러드를 먹던 츠바키가 물을 마시고 한숨을 쉬듯 말했다.

"저는 야마토 선배의 마음을 이해해요. 저도 세이라 선배와 자신을 몇 번이고 비교하면서 그 차이에 좌절한 사람이라서요."

"그럼 역시——."

"하지만."

야마토가 겨우 동조해 주는 상대를 찾았다고 생각한 직후, 츠바키가 그 말을 가로막았다.

"야마토 선배의 '그것' 하고는 다른 것 같아요. 엄밀하게 말해서 제 경우에는 '경기' 의 측면이 있었고, 선배 쪽은 그런 측면이 없는 만큼 비교하는 건 좀 다른 것 같아서요."

"…………."

"물론 예술 방면 장르에 속하는 연극에서 콤플렉스 같은 건 당연히 따라오는 법이고, 단순히 경기의 틀에 사로잡히지 않는 요소—— 자존심이라든가, 연기력이라든가, 카리스마성 차이 같은 것과도 관련이 있고, 오디션이라는 게 있는 만큼 실제로는 경쟁 요소와 무관하기는커녕 오히려 그런 요소로 가득하다고는 생각하지만요."

전문적인 이야기가 되었기에, 야마토는 이해할 수 없는 부분이 많이 존재했다.

그러나 츠바키가 무슨 말을 하려는지는 전해졌다.

츠바키는 마무리에 들어가려는지, 야마토를 똑바로 바라보며 말했다.

"하지만 야마토 선배의 감정은 그런 것과는 전혀 다를 거예요. 세이라 선배와의 차이를 딱 잘라 단념하지 못하기에 노력한다——까지는 근사하다고 생각하니까, 이후에는 어떻게 절충할지가 문제라고 생각해요."

"절충, 이라."

"네. 경쟁에서 이기는 것만이 납득할 수 있는 방법은 아니잖아요? 이건 당신이 저에게 가르쳐 준 거예요."

츠바키가 찡긋, 하고 윙크를 섞으며 말을 마쳤다. 야마토는 그 모습에 두근거리면서도 뭔가 납득이 가는 마음이 들었다.

"그러게. 애초에 나도 어떻게 해야 이 찝찝한 마음이 사라질지 모르고 있었어. 그렇다면 납득할 수 있는 형태를 직접 만들면 되는 거겠지."

"역시 대단하시네요. 벌써 해답을 찾아내고 계신 것 같아요. 주제넘은 말을 해서 죄송해요."

츠바키의 표정은 이미 풀어졌고, 어조도 부드러웠다.

그래서 야마토와 츠바키 사이에 흐르는 분위기는 평온함과 따스함으로 가득했다.

"아니, 솔직히 많이 도움이 됐어. 고마워."

"후후, 힘이 되었다면 기쁘네요. 조금은 은혜를 갚은 걸까요."

"그럼, 물론이지. 이건 내가 뭐라도 보답해야겠는걸."

“그렇지는……. 조금은 기대할지도 모르겠네요.”

“그래, 기대해 줘.”

그렇게 매듭을 지었을 때 알아챘는데, 어째서인지 메이가 얼굴을 새빨갛게 물들이고 있었다.

에이타는 어땠느냐면, 깨달음을 얻었다는 듯 눈을 가늘게 뜨고 온화한 표정을 짓고 있다.

“두 사람, 왜 그래?”

“으으……. 츠바키도 귀여운 것 같아서…….”

“나는, 쿠라키가 내가 모르는 곳에서 성장했다 싶어서.”

“신쵸 넌 대체 뭘 말하는 거야…….”

그러자 두 사람의 반응 탓인지 츠바키까지 얼굴을 새빨갛게 물들이며 굳어져 버렸다.

“코사카 양?”

“네헵?!”

“네헵, 이라니……. 정말 왜 그래?”

“아, 아뇨. 조금 전에는 두 분이 있다는 걸 잊고 말해버려서, 새삼스레 부끄러워졌다고 할까요…….”

“그래? 부끄러운 말은 안 한 것 같은데. 걔들도 좋은 의미로 코사카 양을 보는 눈이 달라진 게 아닐까? 정말이지, 너무 똑 부러져서 연하 같지 않단 말이야.”

야마토가 “그렇지?”라며 에이타와 메이에게 동조를 요구하자, 두 사람은 부드러운 표정으로 수긍했다.

“아~ 확실히 보는 눈은 달라졌지.”

"응. 달라졌네에. 오늘은 츠바키도 부른 보람이 있었어어."

"정말, 그만해 주세요. 구멍이 있으면 들어가고 싶어……."

츠바키에게는 어지간히도 부끄러운 상황인지, 야마토는 이유도 모른 채 조금 미안한 짓을 해버린 기분이 들고 말았다.

"저기, 왠지 미안해. 괜찮으면 대신 마실 걸 가져다줄게."

야마토치고는 신경을 써준 거였지만, 에이타와 메이는 못 말린다는 듯 어깨를 으쓱했다.

"그에 비하면 쿠라키는……. 변함없는 부분도 있달까, 더 나빠졌다고 할까."

"뭐, 그래도 이게 쿠라키 군의 장점으로 가기도 하는 거니까."

"오, 절묘한 말이구만요오."

"흐흥, 괜히 동지로 지내는 게 아니거든요. 게다가 나도 한결같이 노력하는 남자는 좋다고 생각하니까."

"하하. 쿠라키도 죄 많은 남자라니까."

"너희는 대체 뭐냐고……."

야마토는 의미심장하게 말하는 두 사람에게 눈을 흘겼지만, 전혀 아랑곳하지 않는 눈치다.

오히려 훈훈한 눈으로 보는지라, 오히려 야마토가 거북해지고 말았다.

거기서 메이가 화제를 되돌리려는 듯 양손을 짝 두드렸다.

"자, 그럼. 오늘은 모처럼 츠바키도 와줬으니까 뭔가 즐거운 이야기를 해볼까!"

"찬성이야!"

"저도 꼭!"

이번에는 야마토와 츠바키도 활기차게 동조했다.

"큭, 그런 말을 꺼내는 건 감독의 역할인데……!"

"뭐~ 그럼 신쇼 군이 다시 말해도 돼."

"진짜냐?! 좋았어, 두근두근 토크를 해보자고!"

"오~!"

"오, 오……?"

"귀찮은 녀석이네……."

그로부터 서로 근황을 중심으로 해서 두근두근 토크라는 걸로 이야기를 꽃피웠다.

그렇게 창밖이 완전히 어두워졌을 때, 상담회는 종료되었고.

역 앞에서 야마토가 세 사람에게 감사를 전한 뒤, 각자 인사를 나누며 해산하게 되었는데.

"저기!"

야마토가 귀가하려고 등을 돌렸을 때, 문득 누가 불러 세웠다.

돌아보자, 그곳에는 심각한 표정을 한 츠바키가 있었다.

"코사카 양, 무슨 일 있어?"

걱정된 야마토가 츠바키를 돌아보자, 츠바키는 심호흡하면서 입을 열었다.

"놀라게 해서 죄송해요. 두 분 앞에서는 아무래도 말하기 힘든 일이라……."

"과연, 알았어. 장소를 옮길까?"

"그렇다면 여름방학 때 이야기를 나눴던 공원은 어떤가요? 그곳은 인적도 드물고요.”

“그럴까.”

그로부터 야마토와 츠바키는 둘이서 이야기했던 공원으로 이동했다.

츠바키의 표정으로 봐서, 내용은 츠바키 본인에 관한 것이나 혹은 세이라 관련일 거다.

그렇게 생각하자, 야마토의 마음속에 초조함 같은 감정이 생겨났다. 그러나 이럴 때야말로 냉정해지자면서 생각을 고친 야마토는 마실 것을 두 개 사고 나서 벤치로 향했다.

“자, 받아.”

“아, 죄송합니다. 돈은 낼게요.”

“괜찮아. 굳이 이쪽까지 와준 거니까.”

“감사히 받겠습니다.”

야마토는 예전에도 비슷한 대화를 했던 걸 떠올리면서, 본론으로 들어가자고 재촉했다.

“그래서, 이야기라니 뭔데?”

“실은, 세이라 선배에 대한 건데요…….”

야마토는 등골에 오싹한 오한을 느끼면서 이야기를 기다렸다.

“일, 이라고 해야 할까요? 최근 세이라 선배는 다방면에 얼굴을 내밀면서 적극적으로 활동하시는 모양이에요. 그것도 친족 중심이라기보다는 아저씨—— 선배의 아버님이 경영하는 회사 그룹과 관련이 있는 다른 업종 안건에도 얼굴을 내비치는 모양이라서요.”

"그렇구나……. 그 일은 이미 시작된 거야?"

"아뇨. 아직 얼굴만 확인하는 거라서, 지금부터 본격적으로 참가하는 안건을 정하는 단계── 즉, 사전 준비 단계일 거예요."

당연히 그런 이야기는 처음 듣는다. 야마토는 필사적으로 동요하는 마음을 억눌렀다.

"시라세는 대체 무슨 생각인 거지……? 그런 이야기는 한마디도 못 들었는데."

"역시 그랬나요. 저번 주말에 친족이 모이는 입식 파티가 있었는데, 선배와 만났을 때 '야마토한테는 비밀로 해줘.' 라는 말을 들었거든요."

"코사카 양은 왜 그걸 나한테 말해준 거야?"

"그야 당연히, 제가 이 일을 야마토 선배에게 비밀로 하는 게 싫었기 때문이죠."

츠바키는 웃으면서 말했지만, 뺨이 약간 떨리고 있었다.

"말해줘서 고마워. 겨우 최근 시라세가 보이는 행동의 의미를 조금 알게 된 것 같아."

"힘이 되었다면 다행이네요. 게다가 저 자신도 세이라 선배가 옛날 같은 상태로 돌아가는 건 이미 바라지 않아서요."

"그런가? 하지만 요전 메시지에서는 시라세를 라이벌이라고 말하지 않았어?"

"──으! 그, 그건, 저기, 발레와는 다른 방면의 라이벌이라고 해야 할까요……. 뭐, 그쪽에 관해서는 길게 보고 있다고 해야 할까요……."

츠바키는 초반에는 허둥지둥 말하고 후반에는 점점 작게 소곤소곤 말해서, 야마토는 뭔가 이상한 걸 물어본 걸지도 모른다고 생각했다.

"잘 모르겠지만, 그렇다면 다행이네. 두 사람은 친구니까."

"네. 그러니까, 그 친구가 곤란한 상황을 간과할 수는 없다고 생각해서요."

"이야기는 알았어. 아마 친척 모임에서 아버지에게 뭔가 들은 거겠지. 어째서 지금의 시라세가 아버지의 말을 따르는지는 모르겠지만, 사정이 있는 건 확실할 거야."

"네. 틀림없겠죠. 게다가 세이라 선배는 현재, 이전까지 지내던 타워 맨션에는 살지 않는 모양이에요. 아무래도 도쿄 도내에 있는 비즈니스 호텔의 방을 빌려서 사는 것 같아요. 그쪽이 다방면에 오가기 쉽다는 이유겠죠."

"그, 그렇구나. 어쩐지 밤이 되어도 없었다 했어."

"밤중에 맨션에 찾아가셨나요."

"윽……. 뭐, 몇 번은."

츠바키는 게슴츠레하게 바라보다가 금방 다정하게 웃었다.

"불결——하다고 말하고 싶지만, 이미 행동은 일으키신 모양이라 안심했어요."

"경멸하지는 않나 보네."

"저도 조금은 관용적이게 되었거든요. 게다가 사랑의 형태는 사람마다 다르니까요."

"후후." 하고 자신감 넘치게 웃는 츠바키를 본 야마토는 조금 무서워졌다.

"쑥쑥 성장하는 것 같아서 다행이야……."

"야마토 선배야말로 이번 문화제에서 연극 주역을 맡다니 대단하잖아요. 꼭 보러 갈 테니까 당일을 기대해 주세요."

"뭐, 기대는 적당히 해줘."

아무래도 얼추 이야기는 끝났는지, 츠바키는 일어나서 손을 내밀었다.

야마토가 그 손을 잡고 일으켜 세우자, 츠바키는 진지한 표정으로 말했다.

"연극 내용은 『백설공주』였던가요. 얄궂게도, 지금의 세이라 선배에게는 상황적으로 딱 들어맞는 배역일지도 모르겠네요."

"그럴지도……."

야마토도 매일 생각하고 있다.

어쩌면 세이라는 지금, 어쩔 수 없는 사정으로 말하지 못할 뿐이고, 사실은 마음속으로는 도움을 요청하고 있는 게 아닐까.

마치 왕자의 입맞춤을 기다리는 백설공주처럼――.

공원을 나오고 나서는 다시 츠바키를 역 앞까지 바래다줬다.

헤어질 때, 츠바키는 "세이라 선배도 그렇지만, 문화제 연극도 열심히 해주세요!"라며 응원해 줬다.

그 응원을 받은 야마토는 어느 쪽이든 노력하자며 결의를 새로이 다졌다.

그렇게 의욕을 충전한 야마토는 귀로를 밟았다.

◇

며칠이 지나 문화제 전날이 되었다.

그로부터 야마토는 세이라와 이야기할 기회를 엿봤지만, 좀처럼 타이밍을 붙잡을 수가 없었다.

결국 제대로 대화를 나누지도 못한 채 당일이 눈앞까지 다가오고 말았다.

그러나 오늘이야말로――.

그렇게 생각한 야마토는 마지막 반 연습이 끝난 직후에 세이라를 불러 세웠다.

"있잖아, 시라세."

"응? 뭔데?"

"이제 문화제 전날이니까, 마지막으로 둘이서 연습하고 싶은데…… 안 될까?"

이건 이른바 구실―― 단둘이 있을 시간을 만들기 위한 이유를 만든 거다.

그렇지만 연극 공연을 내일로 앞둔 상태에서 중요한 이야기를 할 생각은 없다. 오늘은 어디까지나 내일 자유 시간을 함께 돌자는 약속만 하면 된다. 중요한 이야기는 거기서 할 생각이다.

물론 지금 자유 시간에 같이 돌자고 권해도 아마 오케이는 받을 수 있을 거고, 사실 메시지로 해도 문제는 없겠지만, 그래도 야마토는 세심한 주의를 기울였다.

단둘이 있을 시간을 만들고, 확실하게 말할 타이밍을 잡는다.

——그런 계산이었다.

무엇보다 단순히 세이라와 함께 보낼 시간을 만든다는 메리트도 있었기에, 야마토는 죄책감이 들면서도 그런 부탁을 말한 거다.

"응. 좋아. 오래 있을 수는 없지만."

"고마워. 이제 다들 나갈 테니까, 교실에서 하자."

"그럴까."

그로부터 10분 정도 지나자, 교실에는 야마토와 세이라만 남았다.

창밖에서는 석양이 저물고 있다.

어느새 복도의 시끌벅적함도 잠잠해지고, 인기척이 완전히 사라졌다.

두 사람은 책상을 뒤로 밀어서 생겨난 공간에서 마주 봤다.

창가를 등지고 선 세이라는 저녁놀의 빛을 두르며 부드럽게 미소 지었다.

"그래서? 어디부터 시작할까? 처음부터 해도 되는데."

맑고 고운 눈으로 바라보기만 하는데도 야마토의 머릿속은 정지하고 말았다.

이렇게 마주 보는 건 오랜만인 것 같아서, 야마토는 자신이 바라던 것이 이런 기회였음을 깨달았다.

"예뻐."

그리고 뜬금없이, 야마토의 입에서 그런 말이 흘러나왔다.

그러자, 세이라는 자기 머리를 매만지면서 시선을 돌리고는 부끄러워했다.

"고마워. 근데 갑자기 그런 말을 들으니까 역시 좀 쑥스럽네."

그 동작은 야마토가 모르는 것이어서, 저도 모르게 동요하고 말았다.

"저기…… 미안해. 무심코, 생각이 입 밖으로 나왔달까."

"딱히, 잘못한 건 아니야. 놀랐을 뿐이니까."

"그, 그렇구나……. 근데 시라세, 뭔가 달라졌어?"

"응? 또 가슴 이야기?"

어리둥절한 세이라를 보자, 야마토는 겨우 안도했다.

그 얼굴은 자신이 아는 세이라의 표정이었으니까.

"아니, 아무것도 아니야. 그리고, 여자애가 가볍게 가슴 이야기를 꺼내면 안 된다고 생각하는데."

"야마토가 이상한 소리를 해서 그렇지."

"그건…… 뭐, 미안해."

가슴 부근이 술렁거린다.

이 위화감은 무엇일까? 야마토는 동요하면서도 말을 이었다.

"일단 첫 대사부터 같이 해줄 수 있을까? 왕자는 주역인 것치고는 무대 차례와 대사가 다 적어서, 이래야 클라이맥스 장면에 감정이 실리니까."

"알았어."

그렇게 처음부터 연기를 시작하게 되었다.

감정이 실린 세이라의 대사를 듣자, 야마토의 마음도 진정됐다.

야마토의 마음에는 이제 초조함이 없다. 이것도 에이타나 메이, 츠바키 덕분이다.

그로부터 백설공주와 왕자가 처음으로 대면하는 장면을 거쳐, 종반부로 접어들었다. 누워 있는 백설공주를 찾아온 왕자가 입맞춤하는 장면이다.

연결한 책상 위에 누워 눈을 감은 세이라에게 야마토가 다가갔다.

가까이서 그 얼굴을 보는 것만으로도 고동이 빨라지는 걸 알 수 있다.

이미 몇 번이고 연습한 장면이지만, 이 순간만큼은 익숙해질 것 같지가 않다.

얼굴을 가져가서 포개지는 것처럼 보이게 한다——. 이른바 키스한 척을 하면 되는 거지만.

야마토는 꿀꺽, 침을 삼키면서 천천히 얼굴을 가져갔다.

지금 이 자리에는 야마토와 세이라밖에 없다.

그 사실을 의식하게 된 야마토는 경직하고 말았다.

그러자 세이라가 눈을 번쩍 떴다.

가까이에서 눈이 마주치자, 야마토는 놀라서 눈을 크게 떴다.

""…………….""

서로 말은 없었고, 동요한 야마토는 일단 떨어지려고 했지만.

"진짜로 해볼래?"

거기서 세이라가 그런 말을 입에 담았다.

그 말은 덤덤해서, 놀리는 게 아니라 단순히 제안한 것처럼 보였다.

이 '해볼래?' 는 '뺨에 키스를' 같은 의미가 아닐 거다. 그 정도는 야마토도 구분할 줄 안다. 예전에 감독인 에이타가 분위기 타면 뺨에 키스 정도는 해도 된다고 말했었지만, 그런 농담과도 다를 거다.

그렇기에, 야마토는 조심조심 답변했다.

"그, 그런 거…… 시라세는, 괜찮은 거야?"

그러자 세이라는 살짝 끄덕였다.

"응. 야마토가 상대라면, 나는 싫지 않아. 문화제 연극, 좋게 끝내고 싶으니까."

세이라의 입에서 행사를 더 좋게 끝내고 싶다는 의미의 말이 나온 것도 놀랐지만, 무엇보다도 야마토와의 키스가 '싫지 않다' 라는 발언에 놀랐다.

그렇다면 야마토에게 거절할 이유는 없다.

말할 것도 없이, 본능은 그걸 원하고 있으니까.

하지만, 그렇더라도.

"내일까진 어떻게 할지 정해둘게."

"알았어."

야마토는 그런 대화를 나누면서 몸을 뺐다.

이 선택은 야마토도 쉽게 할 수 없었다. 본능이라든가 이성 같은 걸 정리하기에는 시간이 너무 부족했으니까.

명확한 해답도 내지 못한 채 보류하는 바람에 야마토는 자기 자신이 한심해졌지만, 세이라는 신경 쓰는 기색조차 보이지 않고 천천히 몸을 일으켰다.

"갈까?"

"응. 미안해. 내가 부탁했는데 어중간하게 끝나서."

"아니야. 괜찮아."

세이라는 조금 전 대화 도중 줄곧 덤덤한 어조였고, 무슨 생각을 하는지 알 수 없는 포커페이스였다.

한편으로 야마토는 줄곧 크게 울리는 고동이 시끄러울 정도여서, 얼굴을 계속 새빨갛게 물들이고 있었건만.

그렇게 하교할 준비를 하는데, 세이라가 자기 머리를 매만지고 있는 걸 깨달았다.

그건 조금 전 쑥스러워할 때와 똑같아 보였지만, 아무래도 책상에 누웠을 때 흐트러진 머리를 정돈하는 것 같았다.

그래서 야마토는 세이라가 자신과 마찬가지로 몇 번이고 쑥스러워하지는 않는 것 같다고 생각을 고쳤다.

교실을 나와서 복도를 걷자, 다른 반 교실에는 아직 학생들이 조금씩 남아 있다는 걸 알아챘다.

열심히 작업하는 반이 있는가 하면, 전체적으로 들뜬 분위기인 반이 있는 등, 상황은 제각각이다. 2학년 B반처럼 이제는 당일 공연만을 남기고 있는 반은 빠른 단계에서 해산했지만.

아무튼 조금 전 야마토와 세이라가 연극 연습을 했을 때는 우연히 주변이 조용했던 것 같았다. 그걸 알아챈 야마토는 조금 부끄러워졌다.

그로부터 승강구에 도착했을 때, 미리 신발을 갈아 신은 세이라가 어깨를 찔렀다.

"왜 그래?"

"난 먼저 갈게. 마중 나온 차가 온 모양이니까."

"그, 그래."

이때 처음으로 '마중 나오는 차가 있다' 는 사정을 들었다.

그것 자체는 기쁜 일이지만, 다시 말해 오늘도 함께 하교할 수는 없다는 뜻이라 야마토는 복잡한 기분이 들었다.

——거기서 겨우 야마토는 본래의 목적을 떠올렸다.

"있잖아!"

달려가는 세이라의 등에 대고 큰 소리로 불러 세웠다.

"뭔데~?"

걸음을 멈추고 돌아본 세이라도 평소보다 조금 큰 목소리로 대답했다.

"내일 자유 시간, 같이 돌지 않을래? 연극 공연이 끝난 뒤가 되겠지만!"

야마토가 큰맘 먹고 권유하자, 세이라는 순간 어리둥절한 표정을 지으면서 고개를 끄덕였다.

그런 세이라의 반응이 의외였기에 기가 죽은 야마토는 작은 목소리로 "따, 딱히, 억지로 가자는 건 아니지만……." 이라고 중얼거렸다.

그러자 세이라는 슬쩍 미소 지으며 말했다.

"아니야. 다만 원래부터 같이 돌려고 했었으니까. 내일은 마음껏 즐기자."

"응!"

야마토가 크게 끄덕이자, 세이라는 손을 하늘하늘 흔들며 떠나갔다.

그 뒷모습을 배웅한 야마토는 살짝 주먹을 쥐었다.

지금도 가슴이 크게 울리는 건 세이라와 자유 시간을 함께 보내는 게 정해졌기 때문인지, 아니면 내일의 '선택'을 의식한 것인지 판단이 서지 않는다.

그래도 앞으로 나아가는 건 그만두지 않기로 했다.

내일은 문화제, 연극 공연.

세이라의 일과 연극, 그 어느 쪽도 야마토는 전력으로 마주할 생각이다.

적어도, 지금의 야마토는 기합이 충분했다.

3화 성녀님과의 문화제

문화제 당일을 맞이했다.

어젯밤 야마토는 긴장한 나머지 잠을 못 자서, 그대로 수면 부족 상태로 집을 나섰다.

학교 근처로 오자 긴장감이 높아져서 급기야는 속쓰림 같은 게 느껴지기 시작했지만, 학교 앞에 도착하자 의식은 다른 것에 빼앗겨 버렸다.

"뭐야 이거, 굉장하네."

시야에 날아든 것은 『아오사키제』라고 붙은 거대한 장식이다.

그게 교문 앞을 떡하니 장식하고 있으니까, 드디어 문화제 당일—— 연극 공연을 하게 되었다고 의식하게 되었다.

그때, 다시 연극을 의식하게 되자 더더욱 위가 아파졌다. 그렇지만, 언제까지고 이 자리에 머물 수는 없기에 야마토는 무거운 발걸음을 끌고 교실로 향했다.

교내에 오가는 학생들은 모두가 들떠 있는 것 같아서, 야마토는 온도차를 느꼈다.

확실히 어제까지는 야마토도 들뜬 기분이 들었다.

그러나 그것도 침대에 눕자마자 불안으로 변했다. 연극 공연에서 수많은 관객 앞에서 실수를 저지르면 어쩌나 하는, 이상한 압박감이 샘솟은 거다.

그런 걸 생각하는 사이 교실에 도착했는데.

"——이영차~!"

""""이예~이!""""

학급의 단체 티셔츠 차림으로 양손을 든 에이타와 동조하는 반 아이들. 그야말로 축제 기분으로 들떠 있는 광경을 보게 된 야마토는 속쓰림이 더더욱 심해지는 걸 느꼈다.

그러나 그때, 뒤에서 누가 어깨를 탁 두드렸다.

"좋은 아침."

청량한 목소리가 귀에 닿자, 신기하게도 야마토의 속쓰림이 날아갔다.

"아, 시라세인가. 좋은 아침."

돌아보자, 여느 때처럼 의연한 모습의 세이라가 서 있었다.

그러나, 의외로 세이라도 반 티셔츠를 입고 있었다.

"시라세가 단체 티셔츠를 입다니 웬일이야?"

"타마키 양이나 다른 사람들도 입는다고 해서. 야마토도 입고 올 줄 알았는데."

"일단 가져오기는 했어. 신쿄가 신신당부했으니까."

"그렇구나? 티셔츠를 가져왔다면 탈의실이나 화장실에서 갈아입고 오지?"

"그럴까."

세이라는 여전히 '신쿄' 라는 말을 들어도 누구인지 모르는 기색이었지만, 아무리 그래도 에이타가 조금 안타까웠기에 야마토는 굳이 언급하지 않기로 했다.

정말로 신기하게도 세이라의 얼굴을 보자마자 몸 상태가 좋아졌기에, 야마토는 그 기세를 타고 단체 티셔츠로 갈아입었다.

갈아입고 나서 다시 교실로 들어왔을 때.

"오, 쿠라키! 빨리 컴온!"

"아, 응."

알아챈 에이타가 손짓하자, 겨우 야마토도 문화제를 즐길 기분이 들었다.

짧은 조회를 마친 뒤, 체육관에서 문화제 개회식이 열렸다.

거기서는 오프닝 세리머니라면서 댄스부 퍼포먼스가 열렸고, 학생들은 크게 끓어올랐다.

그리고 도립 아오사키 고등학교의 문화제――『아오사키제』가 시작되었다.

아오사키제는 매년 하루 한정으로 개최한다.

그러나 그만큼 열정을 쏟아붓는 것으로 유명하다.

각 학급의 상연물도 그렇지만, 문화부 활동이 각자 집대성이 되는 성과물을 선보이는 자리이며, 콩쿠르 입상 단골인 관악부를 필두로 해서 교내 곳곳에서 빠짐없이 뭔가 이벤트가 열린다. 그 밖에도 외부 관련으로는 그해 상반기에 뜨거웠던 연예인을 초대해서 강연회 같은 것도 열기에, 매년 많은 관람객이 찾아와서 크게 북적인다.

올해도 마찬가지여서, 인기 가수와 거물 인플루언서의 대담 이벤트가 예정되어 있기에 성황 개최는 확실했다.

그러나 야마토와 2학년 B반 학생들은 그런 이벤트를 즐기기보다 우선 자신들의 상연물 사전 준비에 쫓기고 있었다.

연극은 체육관에서 오후에 할 예정이기에 아직 조금 시간적 여유가 있기는 하지만.

"저기~! 여기 있던 나무 패널 몰라?"

"암막, 다른 반에 빌려줘 버렸어……."

"대도구 담당은 회의한다고 했잖아."

"아무나 책임자! 실행위원하고 신쇼 군은 어디 갔어~?!"

……기타 등등, 아무튼 교실 안은 아수라장이다. 일단 어제 전체적인 확인 작업은 끝내놨지만, 그럼에도 예상 밖의 사태가 일어나는 일이 종종 있다고 한다.

그리고 오늘 주역 중 한 명인 야마토는 커튼으로 가린 교실 구석에서 메이와 세이라에 의해 화장 중이었다.

남자라고는 해도 왕자 역이라면 화장하는 게 당연하다——는 다수 아이들(=여자)의 의견이 있어서, 야마토는 반 강제로 당하게 되었다.

의자에 앉은 야마토는 움직일 허가는 전혀 받지 못한 채, 아이라인이나 파운데이션 등을 얼굴에 받으며 한동안 조마조마한 마음으로 있었지만.

"——완성."

"다 됐다~."

10분 정도 지나자, 아무래도 완성된 모양이었다.

생각보다 빠른 완성이어서, 야마토는 조심조심 손거울을 봤는데…….

"오오……. 이거, 정말로 내 얼굴 맞아?"

그 완성도는 문외한의 눈으로는 근사하게 비쳐서, 야마토는 마치 자신이 아닌 건가 싶을 만큼 몰라보게 달라져 있었다.

"괜찮지? 이게 우리의 실력인 겁니다. 에헴."

"대부분 시라세가 했던 것 같기는 하지만 말이지."

"너무해~. 그런 말을 하면 이제 안 해줄 거야!"

뾰로통하게 뺨을 부풀린 메이는 역시 귀여웠다. 그만 놀리고 싶어질 정도로.

그렇지만, 열심히 해준 건 야마토도 감사하고 있었다.

"미안해. 고마워. 그리고 시라세도."

"응. 괜찮은 느낌이네. 귀여워."

"귀엽나……."

이럴 때는 빈말로도 멋있다고 말해주길 바랐던 야마토가 노골적으로 풀이 죽자, 그걸 본 메이가 깜짝 놀라 세이라에게 뭔가 귓속말했다.

"——아. 응. 확실히, 멋있기도 하네."

메이가 뭘 귀띔했는지 모르겠지만, 세이라는 딱히 의식하는 기색 없이 말했다.

아무리 메이가 부탁해도, 세이라는 생각에 없는 말을 입에 담지 않는다. 그래서 지금은 순순히 칭찬으로 받아들이기로 했다.

"고마워. 이걸로 조금은 왕자님 의상을 입는 저항감이 줄어들겠어."

"그럼 다행이네~. 그렇지? 성녀님."

"그러게."

메이와 세이라가 웃으며 하이파이브했다.

봄 무렵과 비교하면 이 두 사람도 많이 친해진 것처럼 보인다. 처음에는 긴장해서 낌새가 이상했던 메이도 최근에는 꽤 자연스럽게 세이라를 대하게 되었다. ——그러나 현재 메이는 조금 전 하이파이브를 나눈 오른손을 보며 히죽거리고 있었기에, 야마토는 역시 그렇지도 않았다며 생각을 고쳤다.

"어~이. 간식 가져왔어~. ——오, 괜찮은 느낌이잖아!"

거기서 에이타가 노점 음식들을 양손에 들고 들어오더니 야마토의 얼굴을 빤히 바라보면서 감탄하기 시작했다.

쑥스러워진 야마토는 한 손으로 얼굴을 가리면서 "이건 두 사람 덕분이야."라고 말했다.

"그리고 이제 곧 개막 시간이니까. 이거 다 먹으면 의상으로 갈아입고 무대 뒤에 집합해 줘."

"알았어. 고마워."

야키소바에 초코바나나 등등 모처럼 이것저것 음식을 준비해 줬지만, 모두 긴장감 탓에 목구멍에 들어가지 않을 것 같았던 야마토는 음료수만 마셨다. 세이라나 메이는 닥치는 대로 음미하듯이 먹었지만.

그로부터 야마토는 탈의실에서 왕자 의상을, 세이라는 백설공주 의상——이라고 해도 처음에는 너덜너덜한 누더기 원피스 의상으로 갈아입었다.

소란스럽던 다른 작업도 얼추 끝났는지, 어디든 준비는 만전인 것 같았다.

그로부터 각자 체육관 무대 옆으로 이동하게 되었다.

체육관으로 들어가자, 마침 밴드부 무대가 끝난 참이었다.

그와 동시에 이제 곧 2학년 B반의 연극이 개연한다는 방송이 교내에 흘렀다.

막이 내려간 무대 위에서 대도구나 소도구 세팅이 진행된다.

야마토는 자기도 뭔가 돕는 게 좋지 않을까 싶었지만, 다른 반 아이들이 개막을 대비해서 쉬는 게 좋다고 말했기에 세트가 조립되는 모습을 멀리서 지켜봤다.

그렇게 개막 5분 전이 되었다.

감독인 에이타 주도하에 십여 명의 학생들이 무대 옆에서 둥글게 모였다.

오늘의 또 하나의 주역인 백설공주 역의 세이라도 야마토, 메이와 어깨동무를 하자 어딘가 기합이 들어간 표정을 지었다.

"좋았어~ 애들아! 오늘은 이제까지 해온 것들의 집대성이야! 좋은 연극을 하자!"

"""""오~!"""""

일치단결하여 구령을 외친 뒤.

드디어 2학년 B반의 연극——『백설공주』가 시작되었다.

막이 올라가고, 누더기 원피스를 입은 세이라—— 백설공주가 무대 위에 나타나자, 관객들이 숨을 삼켰다.

후줄근한 의상이지만, 그 모습은 가련하고 아름답다. 그리고 소녀답게 장난기 있는 일면도 있어서 보는 이들을 매료시켰다.

그리고 야마토의 차례가 온다. 심장이 무진장 뛰지만, 세이라가 먼저 무대 위에 있어서 그런지 각오는 다 됐다.

야마토—— 왕자는 파란색을 기조로 한 화려한 귀공자풍 의상을 입고 무대 위에 발을 내디뎠다.

그 순간 체육관 안이 조금 웅성거리는 것 같았다. 옆에서 슬쩍 보니 이미 체육관은 만원 상태. 서서 보는 사람도 많이 있었다.

꿀꺽. 침을 삼키고 나서 백설공주 쪽을 바라봤다.

"——겨우 만났어. 운명의 그대를."

야마토가 그런 대사를 꺼내자, 관내가 다시 웅성거렸다——.

이야기가 이어지고, 마녀나 거울, 난쟁이에 사냥꾼 등 익숙한 배역이 차례차례 등장했다.

각본 담당인 메이의 영향으로 왕자의 차례도 꽤 많아졌지만, 야마토는 어떻게든 대사를 버벅거리지 않고 연기했다.

이 무렵에는 세이라—— 백설공주도 드레스 차림으로 갈아입었고, 이미 익숙할 터인 같은 반 아이들도 그 우아한 모습에 저절로 숨을 삼켰다. 우아하고 아름다운, 그러면서도 어딘가 엉뚱한 귀여움이 있는 백설공주의 모습은 평소 세이라와 조금 겹치는 부분이 있어 보였다.

"——내 소원은, 언젠가 왕자님이 나를 데려가서 함께 행복하게 살아가는 거예요."

백설공주가 우수에 잠긴 표정을 지으며 왕자에 대한 한결같은 사랑을 말하자, 체육관이 정적에 휩싸였다. 관객들은 다들 그 말에 몰입한 모양이었다.

사랑을 모른다고 했던 세이라는 대체 무슨 심경으로 저토록 정열적인 말을 하는 걸까. 예전에 해외 무대 작품을 참고했다고 들은 적은 있지만, 그것만으로 저렇게 박진감 있는 연기가 가능한 걸까? 아무튼, 야마토는 도저히 이해할 수 없는 일이었다.

연극은 클라이맥스로 넘어간다.

마녀의 농간으로 독사과를 먹은 백설공주가 쓰러지고, 그곳에 왕자가 달려오는 장면이 되었다.

난쟁이들이 지켜보는 관 안에는 이미 두 눈을 감고 누운 백설공주가 있었다.

왕자인 야마토는 떨리는 주먹을 꽉 쥐면서 무대 앞으로 나왔다.

관객들이 기대하는 시선이 느껴진다.

이건 마지막 볼거리—— '키스 신' 에 대한 기대감이리라.

끝이 좋으면 다 좋다는 말이 있는데, 결국 끝에서 실패하면 모든 게 엉망이 된다는 뜻 아닐까? ……같은, 생각해 봤자 소용없는 일이 야마토의 머릿속에 떠올랐다.

『……내일까진 어떻게 할지 정해둘게.』

어제, 세이라와 단둘이서 연습했을 때 그런 말을 했었지만, 이런 상황에서도 야마토는 어떻게 할지 정하지 못하고 있었다.

그렇게 생각하는 사이 관과의 거리가 줄어들었고, 바로 백설공주의 눈앞에 도착했다.

두근, 두근, 고동이 마치 경종처럼 울린다. 이제 더 생각할 시간은 없다.

결의한 왕자는 무릎을 꿇고, 잠든 백설공주의 아름다운 입술에── 키스하는 척하면서, 얼굴을 포갰다.

그것은 대본대로, '키스하는 시늉' 이었다.

그래도 백설공주는 천천히 눈을 떴다.

그리고 그저 잠시 잠들어 있었다는 듯이, 우아하게 기지개를 켜면서 왕자를 응시했다.

왕자가 손을 내밀자, 백설공주는 그 손을 잡고 일어났다. 그대로 두 사람은 난쟁이들의 배웅을 받으면서 걸어가며, 연극은 엔딩을 맞이했다──.

막이 내려간 뒤에는 관객들이 박수를 보냈다.

출연자들이 단상에 모여 인사하자, 박수 갈채가 체육관 안을 가득 채운다.

2학년 B반의 연극 『백설공주』는 무사히 성공을 거뒀다.

무대 옆으로 배역들이 내려오자, 감독인 에이타가 박수를 보냈다.

"다들 수고했어! 최고였다고! 이럼 베스트 퍼포먼스상은 우리가 따겠는데!"

"그런 걸 노리고 있었나……."

야마토가 황당한 투로 말하자, 주변에서 웃음이 터져 나왔다.

그중에는 달성감이 벅찬 나머지 우는 사람도 있어서, 그걸 본 야마토도 그제야 연극이 끝났음을 실감했다. 확실한 반응과 달성감도 생겨났다.

그러나 야마토의 마음속에는 찝찝한 감정도 남아 있어서…….

"그나저나 마지막 키스 신은 쿠라키가 진짜로 하는 게 아닌가 싶어서 두근두근했는데 말이지."

세트 뒷정리를 시작하던 중, 같은 반 아이 한 명이 그런 소리를 하는 바람에 야마토는 저도 모르게 움찔했다.

"그러게~."

"그래도 실제로 하면 손님들 반응이 어땠을지 모를걸~ ."

"하하, 확실히. 뭐, 다시 말해서, 쿠라키도 성녀님도 굿잡이었다는 거지!"

다른 아이가 동조하면서 야마토를 절찬했다.

그러나 그때 야마토는 키스를 하지 않았던 게 아니다.

정확하게는, '하지 못했던' 거다.

당연히 그곳에서 정말로 키스할지 어떨지는 생각해 봤다. 어쩌면 세이라의 말처럼 이 연극의 퀄리티 상승으로 이어지거나, 혹은 전설적인 일이 되었을지도 모른다.

그러나 만약 그 장면에서 야마토가 백설공주에게—— 세이라에게 키스를 했다면, 그건 연극의 완성도를 위한 일이 아니다.

그저 사적인 감정, 완전히 개인적인 욕구에 의한 이유라고 단언할 수 있었다.

그렇다면 그 사적인 감정으로 각오를 했느냐, 그것도 아니다. 결국 어중간한 상태였다.

그래서 야마토는 키스할 수가 없었다. 하지 않는 걸 선택했다기보다는, 그럴 수밖에 없었다고 표현하는 게 올바르다.

조금 떨어진 곳에서 여자애들에게 둘러싸인 백설공주―― 세이라를 바라보자, 평소처럼 덤덤하게 대응하고 있었다. 키스 신은 딱히 신경 안 쓰는 것 같다.

그때, 야마토의 시선을 알아챈 세이라가 손을 흔들며 다가왔다.

"저기, 이따가 같이 돌지 않을래?"

자유 시간 이야기겠지. 물론 야마토도 그럴 생각이지만, 지금은 왠지 거북했다.

"으, 응."

"그러면 옷 갈아입고 나서 교실 앞에서 만날까. 화장을 고치려면 시간이 조금 더 걸릴지도 모르지만."

"그래. 물론 괜찮아. 서두를 필요도 없으니까."

"고마워. 나중에 보자."

그렇게 말한 세이라가 손을 흔들며 떠나갔다.

거기서 알아챘는데, 에이타와 메이가 멀리서 이쪽을 보고 있고―― 그뿐만 아니라, 같은 반 아이들 대부분이 지금 대화를 지켜봤는지 모두 엄지를 척 들었다.

"하아……. 그러니까, 그런 게 아니라고."

쑥스러움을 감추는 것도 힘겨워진 야마토는 어쩔 수 없이 엄지를 세워주고 탈의실로 향했다.

가는 길에 지나치는 학생들이 자꾸 말을 걸었다. 모두가 연극의 완성도를 칭찬해 줘서, 그게 굉장히 자랑스러웠다.

(이런 것도 나쁘지 않네.)

야마토는 어울리지도 않게 우월감에 젖으면서 옷을 갈아입기 시작했다.

◇

오후 2시가 지난 시각.

단체 티셔츠로 갈아입은 야마토는 사전에 메이에게 받은 클렌저를 써서 말끔하게 원래 얼굴로 돌아갔고, 2학년 B반 교실 앞에서 세이라를 기다렸――는데.

"저기, 쿠라키 선배 맞죠?"

이걸로 몇 번째일까? 1학년으로 보이는 여학생 3인조가 말을 걸어서, 야마토는 친근하게 웃으며 "그런데?" 라고 대답했다.

여학생들은 "꺄악~!" 하고 들뜬 목소리를 내며 같이 사진을 찍어달라고 부탁했다. 아까 연극을 봤는지 멋있다는 말도 했다. 아무래도 이게 속된 말로 문화제 매직이라는 것인 모양이다.

야마토가 반쯤 허둥대면서 같이 사진을 찍고, 덤으로 연락처까지 교환해 주자, 여학생들은 만족하며 떠나갔다.

"하아……."

야마토가 오늘 몇 번째인지 모를 한숨을 쉰 직후.

"저기, 야마토 선배 맞죠?"

어디서 많이 들은 목소리가 부르자, 야마토는 깜짝 놀라며 돌아봤다.

그러자 역시나 세일러 교복 차림의 츠바키가 서 있었다.

"으, 응. 와줬구나."

"네. 안녕하세요. 조금 전까지는 무척이나 인기를 끌고 계시던데, 혹시 그게 야마토 선배에게는 일상다반사인 건가요?"

어째서인지 말끝마다 가시가 느껴져서, 야마토는 기죽으면서 고개를 좌우로 내저었다.

"그럴 리가 없잖아. 아까 그건 내가 문화제 연극에서 왕자 역을 했기 때문이야."

"그랬었나요. 그건 안심했네요. ——연극은 저도 봤는데, 그런대로 괜찮았어요. 야마토 선배도 당당하게 하셨고, 무엇보다 세이라 선배의 아름다움이 눈에 띄는 무대였어요."

어째서 츠바키가 안심하는 건지 의문이지만, 그런대로 괜찮았다고 말하는 것치고는 눈을 반짝이고 있으니까, 아무튼 연극을 즐겨준 것 같아서 다행이었다.

"그렇게 말해주니 기쁘네. 시라세도 좀 있으면 올 것 같은데."

"아뇨, 세이라 선배와는 오전에 만났으니까, 저는 슬슬 가볼 생각이에요."

"그래?"

"네. 두 분의 문화제 데이트를 방해하는 것도 죄송해서요."

"데, 데이트라니, 이봐……."

"아닌가요?"

"아니……라고는 할 수 없지만, 꼭 그렇다고도 단언할 수 없다고나 할까……."

"후후. 이런 부분은 여전하시네요."

변함없이 웃을 때 츠바키의 귀여움은 터무니없는 파괴력을 품고 있다. 실제로 주변 모두가 시선을 보내고 있다.

"뭐, 갈 거면 어디 들르지 말고 집에 가. 혼자 교내를 돌아다니면 위험하니까."

"뭔가요, 갑자기. 역시 아버지 같은 소리를 하시네요."

"뭐라고 말해도 상관없어. 나 참, 무례한 후배야."

토라진 야마토를 본 츠바키는 여전히 미소 지었다.

"하지만 걱정하실 것 없어요. 지금부터 메이가 교내를 안내해준다고 해서 조금 더 있을 생각이거든요."

"아니, 그건 그것대로 더더욱 걱정되는데."

메이와 츠바키가 나란히 걸으면 그야말로 시선을 확 끌고, 헌팅하려고 말을 걸어올 게 불 보듯 뻔했다. 가능하다면 그걸 막기 위해 남자 한두 명 정도는 데리고 다닌다면 야마토도 안심할 수 있는데.

"역시 나와 시라세도 같이 돌까……. 추가로 신쇼네도 부른다거나."

"그러니까 그건 괜찮다고요. 선배는 걱정이 참 많네요. 신쇼 씨를 부르는 건 메이에게 부탁해 둘게요. ――이러면 되나요?"

츠바키는 절대로 야마토나 세이라와 함께 행동할 생각이 없는 모양이라서, 더 말했다간 화낼지도 모른다고 생각한 야마토는 마지못해 납득했다.

"뭐, 그렇다면 괜찮지만. 그나저나 요전번에도 생각한 건데, 타마키 양과 많이 친해졌네. 벌써 이름으로 부르고 있고."

"네. 꽤 빈번하게 연락하고 있고, 휴일에는 몇 번 쇼핑도 같이 가서 친해졌어요."

"그, 그래. 그건 다행이네."

츠바키와 메이는 야마토가 예상한 것보다 훨씬 친목을 다진 모양이다. 설마 휴일에 놀러 나가기까지 했을 줄은 몰랐다.

"그래도 그런 것치고는 선배라고 부르지는 않네?"

"메이는 뭐랄까, 선배보다는 동생 같은 느낌이라서요. 굉장히 귀엽고, 메이도 그걸 더 기뻐하는 것 같아요."

"흐, 흐응……."

태연하게 버릇없이 구는 것 같기도 하지만, 아버지 취급을 받는 것보다는 나아 보였기에 생각을 고쳤다.

그때, 츠바키가 갑자기 진지한 표정을 지었다.

"그런데 연극 이야기로 돌아가서, 마지막 그건 시늉인가요?"

"마지막 그거라면, 키스 신 말이야?"

"네. 뭐, 그거요……."

츠바키는 뺨을 살짝 붉히면서 쑥스러운 듯 시선을 돌렸다.

평소에는 야마토도 말을 흐리는 편이지만, 자기보다 부끄러워하는 상대가 앞에 있으니 어째서인지 당당하게 말할 수 있었다.

"그야 물론이지. 보는 각도에 따라서는 알기 힘들지도 모르지만, 그저 얼굴이 포개지는 것처럼 보이게 움직였을 뿐이야."

"후우, 그런가요. ——아니, 그럴 것 같기는 했지만요!"
"하하……. 설마 진짜로 할 리가 없잖아."
"뭐~? 그래도 할 마음은 있지 않았어?"
그때, 이번에도 어디서 많이 들어본 목소리가 귀에 닿았다.
야마토와 츠바키가 일제히 돌아보자, 그곳에는 타이트한 팬츠 수트를 입은 여성—— 세이라의 언니 레이카가 서 있었다.
"야호~ 두 사람도 오랜만이네. 야마토 군을 보는 건 5월 이후로 처음이려나?"
"저기, 그때는 감사했습니다. 오셨었나 보네요."
"뭐, 소중한 동생이 활약하는 무대라고 하니까."
사뭇 당연하다는 듯이 말하는 레이카와는 달리, 츠바키는 눈을 흘겼다.
"말은 그렇게 하면서, 본인에게는 비밀로 온 거 아닌가요? 정말이지 이럴 때는 자매가 똑 닮았다니까요."
"오~ 츠바키는 변함없이 예리하네."
"감탄하기 전에 그 정도는 본인에게 전해주세요."
야마토도 편승하는 형태로 책망해 봤지만, 레이카는 동요하는 낌새조차 보이지 않았다.
"이래 봬도 친절하게 비밀로 하고 온 거거든? 언니가 왔다는 걸 알면 그 아이도 긴장하잖아."
""아니, 그럴 리가 없잖아요.""
"두 사람도 호흡이 딱 맞는 게 사이가 좋나 보네~. 혹시 이쪽이 사귀고 있어?"

"정말! 그런 말을 경솔하게 하면서 놀리지 말아 주세요!"

레이카는 명백하게 농담처럼 말했지만, 츠바키는 울컥하면서 뾰로통해졌다.

츠바키가 곧장 물고 늘어진지라 야마토는 주의할 기회를 놓쳐 버렸다.

그만큼 야마토는 냉정해져서, 레이카가 굳이 학교로 온 목적을 물어보려고 했다.

"그래서 오늘은 무슨 목적으로 학교에 오신 건가요? 설마 정말로 연극만 보러 온 건 아니죠?"

표정을 다잡으며 묻자, 레이카는 슬쩍 미소 지었다.

"야마토 군도 예리해졌네. 이 누나는 경계당하는 것 같아서 조금 쓸쓸해."

"덕분에 말이죠. ——최근 시라세의 상황과 무슨 관계가 있는 건가요?"

야마토가 더 파고들자, 레이카는 유쾌한 듯 미소를 지었다.

"흐~응, 그 반응으로 봐선 아직 못 들었나 보네."

"무슨 소리죠?"

"아니, 이쪽 이야기야. 하지만 이러면 기대하기 힘들려나. 츠바키는 들은 거지?"

"…………."

침묵은 때때로 긍정의 뜻으로 보일 수 있다.

적어도 현재 츠바키는 그것에 해당하는 것처럼 보였다. 판단 소재 중 하나로서, 츠바키는 거북한 듯 야마토와 시선을 맞추려

하지 않고 있으니까.

그러나 야마토는 츠바키를 책망할 생각이 전혀 없었다. 게다가, 이런 일로 일일이 허둥대고 있을 수도 없다. “후우.”하고 숨을 내쉬며 냉정해진 야마토는 태연하게 대답했다.

“시라세에 관한 거라면, 본인한테 들을 테니까 안심하세요.”

“그래? 야마토 군도 많이 성장했네. 그럼 나는 슬슬 가볼까.”

“이제 곧 시라세가 올 텐데, 만나지 않아도 되는 건가요?”

“응. 그 대신이라고 하기는 좀 그렇지만, 세이한테는 근사한 연기였다고 전해줄 수 있을까? 야마토 군이든, 츠바키든 상관없지만.”

거기서 야마토와 츠바키는 얼굴을 마주하면서 다시 레이카를 돌아봤다.

““거절할게요. 나중에 본인에게 직접 말해주세요.””

그리고 활기차게, 절대로 안 된다는 어조로 단언했다.

“칫~. 역시 너희는 진짜 친하네. ――뭐, 열심히 빛나는 학생생활을 즐기라고. 그럼 간다.”

마지막에는 무척이나 선배 시늉을 한 레이카는 하늘하늘 손을 흔들며 떠나갔다.

““하아…….””

야마토와 츠바키는 동시에 한숨을 쉬고, 얼굴을 마주 보며 웃었다.

둘 다 레이카가 거북하다는 공통점이 있다는 걸 깨달았기 때문이다.

"일단 한고비 넘긴 모양이니까, 저도 슬슬 갈게요."

"그 전에, 레이카 씨가 얼버무린 이야기는 역시 코사카 양이 말하기 힘든 내용이야?"

"그게…… 저기, 죄송해요."

츠바키는 정말로 미안한 듯 시선을 돌리면서 사과했다.

역시 세이라 본인에게 물어볼 수밖에 없을 듯하다.

"그런가. 뭐, 레이카 씨한테 호언장담했듯이, 어차피 본인에게 직접 물어볼 작정이었으니까 신경 쓰지 않아도 돼."

"네. 감사합니다."

츠바키는 미소를 지었지만, 그 웃음은 어딘가 무리하는 것처럼 보였다.

"오래 붙잡아서 미안해. 문화제를 잘 즐기다 가."

"네, 선배도요. 이만 가볼게요."

예의 바르게 인사한 츠바키는 빠르게 떠나갔다.

츠바키와 헤어진 후, 5분 정도 지나자 세이라가 찾아왔다.

다시 단체 티셔츠 차림으로 돌아갔고, 화장도 백설공주 모드에서 평소의 내추럴 메이크업으로 돌아왔다.

"미안, 많이 늦어졌네."

"아니, 완전 괜찮아. 그럼 가볼까?"

"응. 배고파~."

"개막 전에 많이 먹었는데 말이지……. 뭐, 우선은 노점으로 가볼까."

"찬성~."

그렇게 야마토와 세이라의 자유 시간—— 문화제 데이트가 시작됐다.

우선 세이라의 희망대로 배를 채우기로 해서, 문화제 팸플릿을 참고로 음식 관련 노점을 차린 학급을 돌았다.

타코야키나 크레이프에 야키소바, 그 밖에도 수프 파스타 같은 것도 있는 등 버라이어티 풍부한 메뉴여서 세이라도 만족스러워 보였다.

역시 세이라와 함께 있는 건 눈에 띄는지 복도를 걷기만 해도 방문객들의 주목을 모았지만, 야마토는 최대한 당당하게 걷는 걸 의식했다.

한 바퀴 돌고 나서 테라스 벤치에 앉아 성과물을 먹는 세이라를 지켜보자, 야마토까지 배부른 기분이 들었다.

——그때, 세이라의 입가를 바라보니 연극의 키스 신이 머리를 스쳤다.

(아니아니, 시라세는 이미 신경 쓰지 않고 있잖아. 나도 빨리 마음을 정리해야지.)

그렇게 생각하던 중, 시선을 느낀 세이라가 고개를 갸웃했다.

"왜 그래?"

"아니, 저기, 정말로 잘 먹어서."

"다 맛있어."

"그래? 완성도가 별로인 것도 많았던 것 같은데. 이 타코야키 같은 건 문어가 아니라 어묵이 들어갔잖아."

“그럼, 맛있게 느껴지는 건 문화제 분위기 덕분이려나. 나머지는 야마토와 같이 먹기 때문이겠네.”

역시 세이라의 감상은 어디까지나 솔직해서, 야구로 비유하자면 스트레이트 패스트볼. 듣는 사람까지 시원한 기분이 든다.

“으, 응. 듣고 보니 이 크레이프는 꽤 괜찮을지도 모르겠어.”

그래서인지 야마토도 덩달아 그런 말을 했다. 실제로 조금 전보다 꽤 맛있게 느껴졌다……. 혀가 이 맛에 익숙해진 걸지도 모르지만.

“그렇지? 역시 식사는 시추에이션 같은 것도 중요하다니까.”

그렇게 말하는 세이라의 표정은 어째서인지 딱딱해 보였다.

그래서 야마토는 화제를 바꾸기로 했다.

“그러고 보니, 아까 시라세의 언니가 왔었어.”

넌지시 화제를 꺼내자, 세이라는 딱히 놀라지 않고 “흐~응.”이라고만 대답했다.

“전혀 흥미 없어 보이네…….”

“뭐, 그렇지.”

“일단 전해두는데, 연극은 칭찬하더라. 뭐, 자세한 건 본인에게 물어봐야겠지만.”

“응. 알았어.”

세이라는 그런 것보다는 먹는 것에 집중하려는지 수프 파스타에 달려들었다.

“정말 적당히 넘기네……. 그리고 코사카 양도 왔거든.”

거기서 세이라가 손을 멈추고 고개를 들더니 슬쩍 웃었다.

"나도 츠바키하고는 낮에 만났어. 연극 전이었으니까, 힘내라고 하더라."

"그래, 들었어. 연극, 그런대로 괜찮았다더라. 코사카 양다운 칭찬이었어."

"응. 그건 츠바키에게는 최대급의 칭찬이네."

"그러게."

(그나저나 언니와는 반응이 굉장히 다르네…….)

레이카가 조금 안타까웠지만, 야마토는 화제를 다시 전환하려고 했다.

"그래서, 어쩌다 보니 셋이서 이야기를 나누게 됐는데——."

"——좋아, 다 먹었어."

거기서 세이라의 배 채우기도 끝났는지, 힘차게 일어났다.

신경 쓰이는 이야기를 꺼낼 타이밍을 놓쳐버렸지만, 야마토도 마음을 다잡고 자리에서 일어났다.

"그럼 다음에는 전시물이라도 돌아볼까?"

"응. 전부 보고 싶어."

"벌써 3시가 지났으니까, 시간상 전부는 힘들지 않을까?"

"가능해. 시간이 없으니까 서두르자."

그렇게 말한 세이라가 손을 잡아당겼다.

야마토는 못 말리겠다면서 어이없어했지만, 가슴은 크게 뛰고 있었다.

그로부터 야마토와 세이라는 유령의 집이나 사격 가게, 그리고 플라네타리움 등등 다종다양한 구경거리를 보러 다녔다.

잠시 쉬려고 들어간 메이드 카페에서는 점원이 착용한 메이드복 디자인이 생각보다 공을 들여서, 역시 공을 들인 반은 있는 법이라며 감탄했다.

그 후에는 문화제 전시물을 보고, 붓글씨나 꽃꽂이 체험 코너에도 도전했다. 세이라가 부원도 깜짝 놀랄 실력을 발휘해서 한 때는 큰 소동이 벌어지기도 했지만, 적당히 즐길 수 있었다.

"후~ 즐거웠네."

"응, 꽤 피곤하긴 하지만."

그런 대화를 나누면서 3층 복도를 걷고 있는데, 전방에서 낯익은 상대가 손을 흔드는 게 보였다.

"어~이, 두 사람~. 오랜만이야~."

검은 머리를 하나로 모아 묶은, 성실해 보이는 여학생—— 야나기가 그대로 이리로 달려왔다. 그 손에는 대량의 오징어 꼬치구이를 들고 있었다.

"아, 안녕하세요. 오랜만입니다."

"응?"

마주 인사한 야마토를 본 세이라가 의아한 듯 고개를 갸웃했다……. 아무래도 야나기의 얼굴을 기억하지 못하는 모양이다.

깜짝 놀란 야마토는 곧바로 세이라에게 귓속말했다.

"(3학년의 야나기 선배야. 응원단에서 신세를 졌잖아.)"

"아~ 단장이었던가."

"시라세 너무하네~. 벌써 잊어버린 건가~."

"죄송합니다. 지금 떠올랐어요."

"아하하. 뭐, 상관은 없지만."

조금 앞쪽에 보이는 3학년 교실 앞에는 야나기와 함께 응원단장을 맡았던 타카오가 보였다. 지금은 반 아이들과 떠들고 있어서 이쪽을 알아채지 못한 모양이다.

"타카오 선배에게도 인사해야겠네요."

"그런 건 괜찮아. 쿠라키 군은 의리가 있네~. 그 이전에 딱딱해! 아, 오징어 꼬치구이 먹을래?"

"아뇨, 사양할게요. 그러는 야나기 선배는 뭔가 전보다 친근해지신 기분이……."

친근하다기보다는 가볍다. 체육제 뒤풀이가 끝나고 가는 길에도 텐션이 이상할 때가 있었지만, 그때와는 달리 태도가 부드러워진 기분이 들었다.

"아~ 수험이 끝나서 그럴까? 추천 입학이긴 하지만."

"그랬었군요. 축하합니다."

"고마워. ——그나저나 너희는 데이트 중이었어? 방해했다면 미안하네."

"아뇨, 그런. 여기는 3층이니까요."

기본적으로 3학년 교실이 많이 있는 이곳 3층은 3학년 층이라는 인식이 있다. 이건 2학년 교실이 대부분인 2층이나 1학년 교실이 늘어선 1층에도 할 수 있는 말이지만.

즉, 3학년에게는 이곳이 홈그라운드이며, 문화제 중이라고는 해도 이곳을 지나던 두 사람이 불평할 이유는 없을 듯했다.

그래도 세이라나 야나기는 이런 걸 신경 쓰는 것처럼 보이지 않았지만.

“아하하. 정말로 쿠라키 군은 의리가 있네. 그래도 데이트라는 건 부정하지 않네?”

“저기 말이죠…….”

“단장님들은 데이트하지 않는 건가요?”

거기서 갑자기 직구를 던진 건 세이라였다.

바로 직전까지는 존재조차 잊고 있었건만, 흥미 없다는 듯 말수가 줄어들었다 했는데 느닷없이 흐름 같은 건 아랑곳하지 않고 이런 말을 하는 건 역시 대단했다.

그렇듯 예상치 못한 개입에 야나기가 한순간 놀라지만, 금방 미소를 지었다.

“안 해. 단장들이라고 말한 걸 보면, 상대는 타카오 군을 뜻하는 거겠지? 걔는 이미 다른 애인이 생겼으니까.”

“어? 그런가요?”

놀란 야마토가 눈을 동그랗게 뜨자, 야나기는 뿜어버리듯 웃었다.

“아니. 저기 말이야, 벌써 10월이거든? 체육제는 6월이었잖아. 넉 달이나 지났으면 새로운 사랑을 한두 번 정도 하더라도 이상하지 않다고. 오히려 너희 같은 케이스가 희귀하다고 생각하는데.”

“그, 그건…….”

대답이 궁해진 야마토를, 야나기는 뭔가 품평하듯 봤다.

"그 점에서 나는 수험이 끝나서 어깨의 짐이 내려갔다! 같은 느낌이니까, 연애 같은 것도 해보면 좋을 것 같다고 생각하고 있거든. 어때? 쿠라키 군은 입후보할 생각 없어?"

"엑? ……——헉?!"

사태를 받아들이지 못하고 동요하는 야마토에게 야나기가 팍팍 들이댔다.

"이래 봬도 난 제법 인기 많거든? 타마키 같은 아이한테는 못 당하지만, 의외로 보기보다 몸매가 좋으니까아."

"아니, 저기……."

(이거, 혹시 고백받은 건가?!)

인생 첫 고백(?)을 받은 야마토는 그저 곤혹스러웠다.

잊어서는 안 되는 건, 지금 옆에 세이라가 있다는 거다. 야마토가 아는 세이라는 이런 일에도 동요하지 않고 하품이라도 하고 있겠지만——.

"…………."

그렇게 생각해서 옆을 바라봤는데, 세이라는 진지한 표정으로 빤히 바라보고 있었다.

그 얼굴은…… 역시 무슨 생각을 하는지 가늠할 수 없었다. 그러나 야마토가 예상하던 반응과는 크게 달랐다. 이래서는 마치 지금 대화에 흥미가 있는 것 같지 않은가.

조금 전부터 세이라가 아무 말도 하지 않는 건 어째서일까, 그것도 잘 모르겠지만…… 아무튼 기분이 좋지 않은 건 확실했다. 적어도 도움을 요청할 분위기는 아니다.

"——농~담이야. 후배를 너무 놀리는 것도 좋지 않네."

거기서 야나기가 그렇게 말하며 윙크를 날리더니 한 발짝 거리를 벌렸다.

"하아……. 정말 그렇다니까요. 심장에 안 좋아요."

농담이라는 걸 알자, 야마토는 가슴을 쓸어내렸다.

"미안미안, 무심코."

그때, 야나기가 힐끔 세이라를 바라봤다.

야마토도 덩달아 세이라를 바라보자, 이미 시선을 창밖으로 돌리고 있었다.

거기서 야나기가 야마토의 어깨를 콕콕 찔렀다.

"사과의 뜻으로, 우리 오징어 꼬치구이를 대접할게. 만든 걸 바로 줄 테니까 교실로 와."

"아니, 아까도 말했지만요, 저는 배가 꽉 차서——."

"그래도 재는 그렇지도 않은 것 같은데?"

"네?"

다시 옆을 보자 세이라와 눈이 마주쳤고, 고개를 끄덕이고 있었다.

아무래도 지금은 오징어 꼬치구이에 흥미가 있는 모양이다.

"그렇다면 감사히 먹겠습니다."

"좋아. 따라와."

그로부터 야나기의 안내를 받아 3학년 D반의 오징어 꼬치구이집에 입점했다.

사실 야마토와 세이라는 이미 이 가게의 오징어 꼬치구이를 한

번 먹었지만, 세이라가 다시 먹고 싶은지 얻어먹기로 했다.

"오, 쿠라키와 시라세잖아! 잘 왔어!"

교실로 들어가자, 백팀 응원단장을 맡았던 타카오가 말을 걸었다. 근육질이라 셔츠의 팔뚝을 걷은 모습이 잘 어울리지만, 머리는 예전의 갈색이 아니라 검게 물들였다.

아무래도 이 가게는 야나기의 반인 D반과 타카오의 E반이 공동으로 운영하는 모양이다. 3학년은 수험이 있기에 이렇게 학급 합동으로 준비의 부담을 줄이는 방법을 쓸 수 있다고 한다.

"안녕하세요. 오랜만입니다."

"안녕하세요."

야마토와 세이라가 함께 인사하는 걸 본 타카오가 감탄한 기색으로 고개를 끄덕였다.

"그나저나 너희 연극은 대단하던데! 나는 그런 걸 평소에 안 보니까 굉장히 신선했고, 마지막에는 찡했다고."

"그렇게 말해주시니 기쁘네요. 조금 부끄럽기는 하지만, 노력한 보람은 있었어요."

"그보다 타카오 군, 마지막에는 대놓고 울었잖아."

"이, 이봐. 야나기, 후배 앞에서 너무 한심한 걸 폭로하지 마!"

야마토에게는 의외였지만, 타카오와 야나기는 예전과 마찬가지로 사이좋은 친구로 보였다.

타카오에게 여친이 생겨서 야나기와 멀어지지 않았을지 걱정했지만, 그것도 괜한 걱정이었던 모양이다.

타카오는 여전히 흥분한 듯 말했다.

“문외한의 의견이지만, 시라세는 정말로 무대가 잘 어울리더라. 내 여친이 네 팬인지, 그 뒤로도 곧장 네 매력을 열성적으로 말했어.”

“감사합니다. 이곳의 오징어 꼬치구이도 굉장히 맛있어요. 금방 만든 건 특히나.”

“하하, 그런가! 마음껏 먹고 가라고! 할당량은 팔았으니까, 나머지는 반 애들끼리 먹기로 했거든.”

“그런 거라면 맡겨주세요.”

아무래도 세이라는 타카오와의 재회보다도 ‘마음껏 먹어도 된다’고 한 오징어 꼬치구이에 더 흥미가 있는 모양이었다. 폐점 직전에 들른 게 좋았던 것 같아서 다행이었다.

야마토는 그 모습을 창가에서 멀찍이 보고 있었지만.

“이영, 차.”

거기서 야나기가 옆에 앉았다. 조금 전에는 농담이라고는 해도 고백 비스무리한 일을 해온 상대였기에, 야마토는 미묘하게 긴장하게 되었다.

“너무 경계하지 마. 그런 건 이제 안 할 거니까.”

“그런가요.”

안심한 야마토를 본 야나기가 음흉한 미소를 지었다.

“그래서? 그 뒤로 진도는 뺐어?”

“콜록, 콜록……. 느닷없이 뭔가요.”

정말로 느닷없었기에, 저도 모르게 사레가 들렸다.

그러나 야나기는 여전히 유쾌하게 말했다.

"아까도 말했지만, 체육제 무렵부터 시간이 꽤 지났잖아? 그런데 너는 어떤가 해서."

"저 말인가요."

"응. 너 자신이 지금 시라세를 어떻게 생각하는지. 그쪽이 신경 쓰이거든."

평소의 야마토였다면 '우리는 그런 게 아니에요.' 라고 대답했을 거다.

그러나 오늘은 문화제고, 이런저런 일이 있었던 후다.

게다가 오늘은 아직 세이라와 이야기하고 싶은 게 있으니까.

"예전보다 더 의식하고 있는 건 확실해요."

그렇기에 이런 상황이 야마토의 심정을 조금 털어놓게 했다. 상대가 메이나 츠바키와는 달리 자신이나 세이라와 먼 관계에 있다는 것도 영향을 준 걸지도 모른다.

"흐응. 말해준 건 의외네."

"선배도 지난번에 본심을 말해주셨으니까요."

"아하하. 그런 일도 있었지. 친구로 있는 게 편하다~라고 했었던가?"

"네. 그거요."

그때의 말은 지금도 종종 떠올릴 때가 있다.

들었던 당시에는 충격을 받아서, 그 의미를 곱씹는 데는 시간이 필요했다.

지금의 야마토가 그 말의 의미를 충분히 이해하고 있는지는 아직 미묘했지만, 그래도 공감되는 부분은 있었다.

"참을 수 없게 될 것 같다면, 그만두는 게 좋아."

야나기가 나지막하게 중얼거리듯 말했다.

야마토가 그 말의 의미를 이해하기보다 먼저, 야나기가 말을 이었다.

"소중한 것일수록 거리를 두는 게 영리한 사람이니까."

그렇게 고백한 야나기가 조금 쓸쓸하게 보였던 야마토는 저도 모르게 의문을 던졌다.

"선배는, 타카오 선배와 '거리를 둔' 건가요? '유지' 한 게 아니라?"

"응. '거리를 둔 거야'. 진심이 되지 않게 제동을 걸었으니까. 친구로 있자고 의식한 시점에서 그렇게 됐어."

"…………."

대답하기 곤란해진 야마토를 본 야나기는 살짝 한숨을 쉬며 말했다.

"변하지 않는 관계 같은 건 없어. 이쪽이 바라든, 바라지 않든 말이야."

"그런 건가요."

말은 그렇게 했지만, 야마토도 머릿속으론 이해하고 있었다.

예전보다 의식하는 시점에서, 이 관계는 다른 것으로 변화하는 거다.

거기서 야나기가 슬쩍 일어섰다.

"자, 그럼. 후배의 인생 상담은 이걸로 끝. 내가 먼저 물어보고 이러긴 좀 뭐하지만, 나는 어느 정도 개운해졌으니까."

그렇게 말하고 웃은 야나기를 본 야마토는 미안하게 생각하면서도 물어보기로 했다.

"마지막으로 하나, 물어봐도 될까요?"

"뭔데?"

"후회하진, 않으세요? 고백을 거절한 걸."

야나기는 시선을 슬쩍 돌리면서 나지막이 답했다.

"안 한다고 할 순 없겠네. ——하지만, 만약 시간이 되돌아가도 나는 같은 답을 골랐을 거야."

"그런, 가요."

거기서 야나기는 다시 이쪽으로 고개를 돌리더니 헤실거리며 웃었다.

"너한테는 말하지 않았지만, 수험이 힘들었다는 이야기도 딱히 거짓말한 건 아니었으니까. 이래 보여도 나는 제법 겁쟁이거든."

"아……."

그런 야나기의 말은 진심에서 나온 것처럼 보여서.

지금까지 먼 존재처럼 느껴지던 그 인물상이 처음으로 가까이 느껴진 것 같았다.

"뭐, 무엇을 제일로 삼을지, 우선순위를 정해두라는 거야!"

등을 찰싹찰싹 때리면서 말하자, 야마토는 자연스레 미소를 지었다.

"그거라면 괜찮아요. 1순위는 이미 정했으니까."

그렇게 말한 야마토가 전방을 보자, 멀리서 오징어 꼬치구이를 입에 물고 있는 세이라와 눈이 마주쳤다.

아무래도 야마토와 야나기가 이야기하는 걸 방해하지 않도록, 세이라가 나름 신경을 써준 모양이었다. 야마토가 다가가자, 곧장 세이라도 식사를 끝냈다.

"신경을 써준 것 같네."

"이제 괜찮아?"

"응. 기다리게 해서 미안해. 그쪽도 만족했어?"

"응. 배는 80% 정도."

"아직도 20%나 여유가 있는 건가……."

거기서 세이라는 웃으면서 손을 흔드는 야나기를 보면서 뾰로통해졌다.

"그래서, 무슨 이야기를 했어?"

"아니, 그게…… 수험에 관해서, 라든가."

"흐~응."

곧바로 얼버무리기는 했지만, 어딘가 간파당한 느낌이 들어서 진정이 안 됐다.

그래서 야마토는 화제를 바꾸고자 먼저 물어보기로 했다.

"넌 타카오 선배와 무슨 이야기를 했어? 꽤 화기애애한 분위기로 보였는데."

"줄곧 여친 자랑을 들었어. 딱히 흥미 없다고 했는데."

"이봐, 나한테도 들리잖냐……."

타카오에게도 들렸는지, 어깨를 축 늘어뜨렸다.

"이제 슬슬 나갈까."

"응."

이어서 두 사람은 야나기와 타카오에게 감사를 표하면서 3학년 D반 교실을 나왔다.

복도로 나오니 이미 해가 저물기 시작해 창밖이 어두워지고 있었다.

이제 곧 문화제도 종료 시각을 맞이한다.

역시 슬슬 본론을 말해야 할 것 같았던 야마토는 입을 열었다.

"있잖아, 옥상에 가지 않을래?"

"지금부터?"

"응. 잠시, 단둘이서 이야기하고 싶어서."

"상관은 없지만."

거기서 세이라가 자기 머리를 살짝 매만졌다. 최근 이 동작을 볼 기회가 많다. 여자애다운 느낌이 들어서 야마토에게는 인상적이었다.

"요즘 머리를 만지는 일이 많아졌네."

"응. 그런가?"

"몰랐나 보구나."

"뭐, 그래도 듣고 보니. 왠지 마음이 차분해져서 하고 있는 걸지도. 이상해?"

"아니. 이상하지는 않고, 오히려 잘 어울린다고 할까……. 나는, 괜찮아 보여."

"그렇구나."

세이라가 대답하면서 다시 자신의 머리를 매만졌다.

그때, 이번에는 세이라 자신도 그걸 알아챘는지 놀라면서 뺨을 붉게 물들였다.

"변태……."

"어째서?!"

그 매도는 억울했지만, 부끄러워하는 세이라가 귀여웠기에 일단 넘어가기로 했다.

그로부터 자리를 옮겨서.

두 사람이 옥상으로 나오자, 저녁놀이 주변 일대를 붉게 비추고 있었다.

"와아, 대단하네."

저녁놀에 비친 세이라가 흥분한 듯 말했다.

기분이 고양된 건 야마토도 마찬가지였다.

"그러게. 하늘이 타오르는 것 같아."

"오~ 확실히 그런 느낌."

펜스로 다가가서 들떠 하는 세이라를 바라보던 야마토는 결의를 다지며 입을 열었다.

"그래서, 이야기하고 싶은 건 최근 일인데."

"최근 일?"

돌아본 세이라는 의아한 듯 고개를 갸웃했다.

야마토는 한 발짝 내디디면서 똑바로 앞을 보며 말했다.

"최근, 시라세가 방과 후에 뭘 하는지, 슬슬 말해주면 좋겠어. 귀성했을 때의 일과 관계가 있다면, 그쪽도 포함해서 사정을 듣고 싶어. 그리고 만약 곤란하다면, 나도 시라세의 힘이 되어주고 싶어—— 그보다, 힘이 되게 해줘!"

자연스레 목소리가 커진 야마토가 전하자, 세이라는 고개를 홱 돌려버렸다.

야마토는 그로부터 고민하려는 듯 침묵하는 세이라의 등에 대고 말을 이었다.

"요컨대 나는 말이지. 좀 더 시라세의 곁에 있고 싶어. 방과 후에도 지금처럼까지는 아니더라도, 하굣길에 같이 놀고 싶어. 이대로 가면, 우리답지 않은 것 같아."

"우리답지 않다니?"

세이라가 시선을 되돌리지 않은 채 조용히 물었다.

그러자 야마토는 곧바로 대답했다.

"서로 생각하는 걸 이야기하는 게 우리다웠다고 할까…… 비밀이라고 말하면 뭔가 이상할지도 모르지만, 지금 상황은 어색하다고 봐. 적어도 시라세가 뭘 하고 있는지, 사정을 알려주면 좋겠어."

야마토는 그렇게 설득하듯 말했다.

그러자 세이라가 잠깐 침묵한 뒤에 말했다.

"야마토가 말했잖아……. 배려할 줄 알라든지, 분위기를 잘 살피라든지."

"그, 그건……."

예상 밖의 대답이라 곤혹스러워진 야마토에게 세이라가 날카로운 시선을 보내며 말을 이었다.

“나도, 뭐든지 다 이야기할 수 있는 건 아니야. 야마토가 보기에 나는 주변과는 다른 이상한 사람일지도 모르지만, 나도 나름대로 언제나 생각하며 행동하고 있어.”

“이, 이상한 사람이라니, 그런 식으로는 말하지 않았잖아! 뭘 그렇게 화내는 거야?”

“화나지 않았어. 욱했을 뿐이야.”

“아니, 욱하면…… 역시 화난 거잖아.”

“모르겠지만, 모르는 것밖에 없어서 찜찜해. 나도 개운해지고 싶지만, 어떻게 해야 좋을지 몰라서 곤란하다고 해야 할까.”

“으, 응.”

“저기, 왜 웃는 거야? 나는 화── 욱했는데.”

눈앞의 세이라는 명백하게 욱하고 있다. 짜증을 내고 있다. 화내고도 있다.

그런데도 야마토는 기뻐서 참을 수가 없었다.

그렇지만 이건 세이라가 화내서 그런 게 아니다.

세이라가 본심을 말해주는 것이 진짜 기뻐서 그렇다.

최근의 세이라가 거짓말한 건 아니지만, 신경을 쓰는지 일부러 참는 느낌이 들기는 했다.

그래서 야마토는 얼굴에서 웃음을 안 풀고 대답했다.

“미안해. 그만 기뻐서.”

“전혀 사과하는 것 같지 않은데.”

“그래도 잘 모른다는 건 피장파장이잖아. 역시 제대로 이야기해 봐야 한다고 생각해.”

"이야기하고 싶지 않은 것도 있는데."

"하지만 이대로 언제까지고 시라세와 미묘하게 엇갈리는 건 싫어. 게다가 시라세가 정면에서 마주 보는 것의 좋은 점을 가르쳐 줬잖아."

"그런 걸 가르쳐 줄 적 없는데."

알고 있었던 일이지만, 세이라는 대단히 완고하다.

이쪽이 부탁하면 기본적으로는 수락하지만, 정말로 양보하고 싶지 않은 부분은 완고하게 양보하지 않는다. ——이른바 '귀찮은 여자'라는 건 틀림없겠지.

따라서 어중간한 수단으로는 세이라의 의지를 바꿀 수 없다고 추측된다.

그렇기에 야마토는 자신의 히든카드를 쓰기로 정했다.

야마토에게도 위험한, 반칙 같은 수단이다.

(그래도 할 수밖에 없겠지.)

마음을 굳힌 야마토는 곧장 입을 열었다.

"혹시 시라세는, 이제 나와 함께 있고 싶지 않은 거야?"

야마토는 그렇게, 자기 몸을 베는 심정으로 그 질문을 던졌다.

기본적으로는 그렇지 않을 거다. ——그보다 맞다면 오히려 곤란하지만, 그 말을 들은 세이라는.

"뭐?"

"히익?!"

날이 선 표정, 어두침침한 어조에, 야마토는 무심코 비명을 질렀다.

지뢰를 밟은 듯한, 혹은 호랑이 꼬리를 밟은 듯한, 그런 사태를 예감할 만큼 세이라의 표정에는 짜증이 감돌고 있었다.

아무래도 야마토의 반칙은 세이라에게도 터부였던 모양이다.

그대로 한 걸음, 또 한 걸음 조용히 화내면서 다가오는 세이라를 앞둔 야마토는 천천히 물러났다.

"뭐, 뭐랄까, 농담……이라는 것도 아니지만, 시라세가 나를 신경 쓰고 있는 것 같아서…… 혹시, 꽤 화났어?"

"응, 꽤 화났어. 설령 농담이라도, 한 대 때리고 싶어."

"히이익?!"

펜스가 등에 철컹 닿자, 야마토는 심장이 쪼그라드는 느낌이 들었다.

이미 세이라는 코앞까지 와 있다.

설마 세이라에게서, 만난 지 얼마 안 됐을 무렵에 헌팅하던 남자를 격퇴했을 때 같은—— 아니, 그 이상의 화난 얼굴을 보는 날이 올 줄은 꿈에도 생각하지 못했다.

지금부터 자신이 어떻게 될지는 모르겠지만, 야마토는 조용히 각오를 다졌다.

(뭐, 시라세가 상대라면 어떻게 되든 바라던 바인가. 될 대로 되라지.)

뭔가 좀 어긋난 각오였다.

그렇기에 야마토는 눈을 감고 나서 두 팔을 벌렸다.

주먹이든 발차기든 받아주마── 그런 각오의 표현이었다.
이미 눈앞까지 다가온 세이라는 "하아." 하고 작게 한숨을 쉬더니.
"──?!"
갑자기, 야마토에게 말로 표현할 수 없이 부드러운 감촉과 달콤한 냄새가 전해졌다.
놀라서 눈을 뜨자, 세이라에게 안겨있었다.
"저, 저기…… 시라세, 양?"
"함께 있고 싶어……."
세이라는 가까이서 작게 속삭이듯 말했다.
그 등에 손을 가져가서 안아준 야마토는 속삭이듯 말했다.
"농담이라도 그런 말을 해서 미안해. 나도 시라세와 함께 있고 싶어……. 그래도, 불안했거든. 나는 아직, 중요한 걸 아무것도 모른다는 기분이 들어서."
세이라는 고개를 끄덕였다.
"나도, 미안해. 말할 수 있는 것과, 아직 말하고 싶지 않은 게 뒤죽박죽이라서."
"그렇다면, 말할 수 있는 걸 정리해서 말해줬으면 좋겠어. 나도 확실히 들을 테니까."
"응, 고마워."
그리고 세이라는 몸을 떼어놓고 흐트러진 머리를 가다듬었다.
"딱히, 지금은 머리를 가다듬을 뿐이거든."
"알고 있다니까."

석양은 거의 저물었지만, 세이라의 얼굴은 여전히 빨개서 쑥스러워하고 있다는 건 어차피 뻔히 보였다.

"——후우. 뭐부터 이야기할까."

세이라가 어느 정도 마음의 정리를 한 무렵에는 해도 완전히 저물었다.

교정에서 진행하는 캠프파이어의 불빛이 들어와서 밤의 어둠을 약간이나마 밝혀주고 있다. 아래쪽에서는 이미 후야제가 시작된 모양이다.

참고로 조금 전 방송이 나와서 체육관에서 문화제 폐회식이 진행되었지만, 결국 야마토와 세이라는 땡땡이를 치고 말았다. 에이타에게 『이쪽은 맡겨둬☆』라는 메시지가 당도했기에, 아마도 괜찮으리라 생각하고 싶다.

"야마토, 들을 생각 있어?"

왼편에 앉은 세이라가 눈을 흘기고 물었다.

현재 야마토와 세이라는 펜스에 등을 기대고 나란히 앉아 있었는데, 야마토는 주역 두 사람이 폐회식을 땡땡이친 죄책감 때문에 스마트폰을 신경 쓰고 있었다.

"미안해. 이제 연락은 끝났으니까."

"그렇구나. 그럼 상관없지만."

꼬옥.

그때 세이라가 손을 잡아서, 야마토는 가슴이 두근거렸다.

그로부터 세이라가 덤덤히 이야기를 시작했다.

"난 사실 최근 아버지의 지시로 일하고 있어. 뭐, 아직 대면 단계니까 실제 업무는 전혀 진행되지 않았지만, 아무튼 여러모로 진행 예정인 안건이 있는 느낌."

여기까지는 츠바키에게 들은 내용이다. 그래도 이유까지는 듣지 못했지만.

"응. 그래서?"

"음~ 저기—— 아, 내용은 이런 느낌."

세이라는 스마트폰을 꺼내서 그 안건이라는 걸 정리한 페이지를 보여줬다.

그곳에는 대형 연예 사무소의 이름이 처음으로 나왔고, 세이라가 아침 드라마의 히로인으로 배우 데뷔를 하는 기획안이 나와 있었다. 그 밖에도 아이돌 유닛의 센터로 내놓기 위해 레슨을 한다는 내용이나, 가수가 되어 유명 작곡가와 함께 나선다는 콘셉트 기획서 등등, 아무튼 눈을 의심하는 규모의 내용이 주르륵 늘어서 있었다.

"아침 드라마 히로인에 아이돌 유닛의 센터 보컬, 게다가 유명 작곡가의 곡을 써서 가수 데뷔라니……. 하하, 이건 굉장하네……."

허탈하게 웃어 보이는 야마토를 보고, 세이라가 살짝 한숨을 쉬었다.

"정말이지, 농담 같지? 내가 배우나 아이돌이라니, 영문을 모르겠어."

"아니, 이유는 알겠어. 시라세의 외모로만 따지면, 이것조차도 부족할 정도니까."

"야마토가 보기에 나는 그렇게 귀여운 거구나."

"그럼. 내가 아는 한 세상에서 제일이지."

"와~ 기쁘기는 하지만, 아무리 그래도 조금 쑥스러울지도."

세이라도 자신의 용모에는 어느 정도 자신이 있어 보였지만, 야마토의 평가가 예상보다 높았던 모양이다. 무심코 머리를 만지려다가 손을 멈추는 걸 알 수 있었다.

그 모습을 흐뭇하게 생각하던 야마토는 감상을 입에 올렸다.

"그래도, 지금까지 일반인이었던 여자애를 느닷없이 데뷔시키는 건 역시 너무 무리가 있지 않나 싶은데."

"그러게. 그 사람도 하는 일이 엉망진창이랄까. 뭐, 이건 원래부터 계획하던 일이었던 것 같지만."

그 사람이란 아버지를 말하는 거겠지.

그러나 이런 기획에 계획성이 있었다는 건 놀라움을 금할 수가 없었다.

"아버지는 원래부터 시라세를 연예계에 보내려고 한 거야?"

"응. 전부터 경기 관련 취재에도 얼굴을 드러내지 말라고 했었고, SNS도 연락용 앱 말고는 계정 생성을 금지했었으니까, 연예계에 데뷔할 때까지 내다보고 있던 게 아닐까? 정보에는 신선도가 있으니까."

"그, 그렇구나……."

그쪽은 문외한의 머리로는 따라갈 수 없는 부분이다. 그러나 야마토는 그렇게까지 행동을 제한했다는 걸 알고 놀랐다.

그때 야마토의 머릿속에 의문이 생겨났다.

"하지만 그럼 어째서 중학교 때까지는 이것저것 배우기만 했던 거야? 가수나 배우 같은 건 오랫동안 경험을 쌓는 게 필요하다는 정보를 봤던 것 같은데, 시라세가 해오던 건 발레나 화도에 합기도…… 모두 전혀 상관없는 일이잖아."

"뭐, 그 점은 『스펙 쌓기』려나. 다른 분야에서 실적을 남긴다면 나중에 여러 방면에서 스펙이 쌓이는── 요컨대, 플러스로 작용하니까. 게다가 그쪽에서 대성한다면 그건 그것대로 괜찮았던 것 같아. 그리고 연예계 입성은 고등학생이 된 이후라고 사전에 정해놨다고 해."

"그렇구나……."

이렇게 들어보면, 무서울 정도로 계획성이 있어 보인다.

그러나 이건 딸의 잠재력을── 장래의 가능성을 믿지 않으면 불가능한 것 같았기에, 야마토는 참으로 복잡한 기분이 들었다.

"알기 어려웠어?"

"아니, 어느 정도는 이해했어. 다만 시라세의 아버지는, 시라세의 가능성을 믿고 있었던 것 같아서."

"그렇게 멋있는 건 아닐 거야. 내 의견은 아무래도 좋았던 것 같으니까."

"그런 걸 귀성했을 때 이야기했던 건가."

세이라는 살짝 끄덕였다. 그렇다면 세이라의 아버지는 세이라를 지켜본 것 같으면서도 실제로는 세이라 본인에게는 다가서지 않았던 게 아닌가. 야마토는 그렇게 느꼈다.

그러나 여기서 예전부터 느끼던 의문을 입에 담았다.

"근데, 어울리지 않잖아. 지금까지의 시라세라면 그야말로 싸우다가 갈라져서라도 놀러 다녔을 거잖아. 그런데 지금은 부모님의 말대로 따르다니. 이런 말은 좀 그렇지만, 이제 와서 아버지 말을 따를 필요가 있어?"

그 의문을 야마토가 입에 담자, 세이라는 자기 무릎에 얼굴을 묻었다.

그리고 대신이라는 듯, 야마토의 손을 꽉 잡았다.

"시라세?"

"…………."

이름을 불렀지만, 세이라는 반응하지 않았다.

몸이 안 좋은 건지 걱정한 직후, 겨우 세이라가 고개를 들었다.

"먼저, 야마토에게 사과해 둘게. 미안."

"뭐, 뭐가?"

동요하는 야마토에게 세이라가 이어서 말했다.

"아무튼, 미안해……. 우리 부모가, 야마토를 조사했던 것 같으니까."

"나를 조사했다고……? 대체 무슨 소리야?"

일일이 와닿지 않는 야마토를 본 세이라는 인상을 찌푸리면서 천천히 설명했다.

"야마토의 과거 경력이나 교우 관계 같은 것들을, 그쪽 관계자를 써서 모조리 조사했던 것 같아. 게다가 야마토의 가정도——야마토의 어머니에 대한 것도 조사했다고……."

"나만이 아니라 엄마까지……?"

"응……. 그러니까, 미안해. 최악이지? ……나도, 조금은 싫어졌으려나."

거기서 야마토는 그 손을 꽉 마주 잡았다.

"이런 일로 시라세를 싫어할 리가 없잖아. 게다가 시라세는 그 일과 관계가 없고."

"관계가 없지 않아. 내가 야마토와 얽히게 되어서 조사당하게 된 거니까."

"그러니까 그게 관계가 없다는 거잖아. 시라세가 조사하라고 지시한 것도 아니니까, 관련성은 없어. 애초에 그게 어째서 부모님 말대로 따르는 것과 이어지는데?"

야마토가 세이라를 똑바로 바라보며 말하자, 세이라는 시선을 옆으로 돌렸다.

잠시 뒤, 세이라는 각오를 다진 듯 대답했다.

"내가 말을 따르지 않으면, 야마토네 집에도 안 좋은 영향이 생길 거라고 했으니까."

"뭐……?"

굳어진 야마토에게 세이라가 말을 이었다.

"아마, 야마토의 어머니가 하는 일이라든가, 그런 것에 손을 댈 생각일 거야. ――말도 안 되지만, 우리 부모는 그런 말도 안 되는 일을 태연하게 하는 사람이니까."

"그, 그런 건……."

"인간 말종이지? 인질을 잡고 협박이라니, 정말 미쳤어."

"…………."

야마토는 머릿속에서 정리가 되지 않았다.

거기서 깨달았다.

자신은 역시 세이라를, 사는 세계가 다른 존재라고 인식하고 있었다는 것을.

솔직히 세이라 측의 일이라면 연예계나 타워 맨션이나 별장 등등, 그런 특별한 환경이나 상황조차도 조금 당혹스럽기는 해도 곧장 받아들이고 이해할 수 있었다. 게다가 맞설 각오도 금방 했다.

그랬는데 막상 자신이 그런 특별한 상황 한가운데에 말려들었을 때—— 구체적으로는 지금 같은, 자신이나 어머니가 대기업의 압력을 받는 상황이 되었을 때, 갑자기 머리가 펑크 나버렸다. 단순히 말하면 겁을 먹어버린 것이다.

솔직히 현실감이 없었다. 붕 떠버린 듯한, 막연한 불안이 가슴속을 채워서, 속이 메스꺼웠다. 긴장을 풀면 토할 것만 같다.

——그때, 손이 떨어졌다.

갑자기 따스한 온기를 잃은 야마토는 지지대를 찾아 손을 뻗었다.

그러나 세이라는 성큼 일어났다. 그리고 이쪽을 똑바로 바라보며 말했다.

"그래도 괜찮으니까 안심해. 내가 어떻게든 할 테니까."

"어떻게든, 이라니……?"

"내가 진정한 의미로 '자립' 한다면, 누구도 방해하지 못할 테니까. 그러면 우리는 한없이 자유야."

세이라의 눈동자에는 확고한 각오가 깃들어 있었다.

그 눈에는 동요도 연약함도, 염려조차 들어있지 않다.

있는 건 순수한 투쟁심과 야망, 그리고 어딘가 따스한 다정함이었다.

믿음직한 그 모습을 보자, 신기하게도 야마토의 마음 역시 조금은 진정되었다.

"시라세는 역시 굉장해. 언제나 이런 불안과 싸우고 있다니."

"딱히 굉장하지 않아. 원래부터 환경이 이랬으니까, 자연스레 익숙해졌을 뿐이니까. 게다가 나는 자주 도망쳤어. 이건 야마토에게도 이야기했던 것 같은데."

세이라는 애절한 듯하면서도 그리워하듯 덤덤히 말했다.

듣고 보니, 세이라도 힘들었을 때는 할아버지의 유원지로 발을 옮겼었다.

세이라조차도 도망치는 일이 있었던 거다.

야마토는 어찌할 수 없을 때는, 도망치는 것도 정답 중 하나라는 생각이 들었다. 오히려 여차할 때는 자신의 의지로 그런 게 가능하다는 것에 동경하는 마음이 들었다.

그러나 지금은 그럴 때가 아니라는 생각도 들었다.

그러기에는 이르다. 아직 고민할 여지가 있어 보였으니까.

그렇기에, 야마토도 일어나서 입을 열었다.

"시라세의 의견은, 참고하기로 할게. 아직 잘 정리할 수는 없지만."

“응. 천천히 해도 되니까. 시간은 있고.”

“시간? 그러고 보니 시라세가 말하는 진정한 의미의 ‘자립’은, 구체적으로 뭘 해야 자립했다는 판단이 되는데?”

별생각 없이 물어보자, 세이라는 “으~음.” 하고 고민하다가 태연하게 말했다.

“이건 어디까지나 하나의 사례인데, 내가 자립한 회사가 아버지의 회사와 비슷한 수준의 규모가 된다거나.”

“아, 그렇구나. ――아니, 어?!”

“응?”

정말로 태연하게 말한지라 야마토는 그 의미를 금방 이해하지 못했지만, 이건 또 터무니없는 말이 나왔다.

“아니, 그런 게 정말로 가능해?”

“음~ 몇 년은 걸릴지도.”

“몇 년?! 수십 년이 아니라?!”

“아하하. 그렇게 오래는 안 걸려.”

“아니아니아니…….”

예전에 세이라의 아버지가 경영하는 회사의 사명을 들었을 때는 대단히 놀랐다. 시라세 그룹 주식회사라는 이름은 아는 사람은 다 아는 일류 기업이고, 츠바키의 이야기에도 나온 파티나 일가친척 모임이 있는 것도 납득이 갈 만큼 대규모 기업이었기 때문이다.

그런데도 세이라는 고작 몇 년 만에 그런 일류 기업과 같은 규모의 회사를 만들 수 있다고 생각하는 모양이다. 그것에 아무런 의문도 품지 않은 걸 보자, 야마토는 솔직하게 놀라고 말았다.

"뭐, 어디까지나 하나의 예시니까."

"하하……. 그 밖에도 뭔가 있는 건가."

"음~. 예를 들면, 가수나 아이돌로 대박을 친다거나."

"과연……. 하지만 그러면 대기업 상대로 불리하지 않아?"

"거기서는 그거, 여론을 아군으로 끌어들인다거나, 방법에 따라서는 어떻게든 되는 법이야. 중요한 건 어느 정도 기반을 만드는 거니까."

"그냥 대충 하는 말은 아니지?"

"은근히 대충 하고 있어. 그래도 뭐, 그쪽은 하다 보면 어떻게든 되는 거니까."

"진담이냐……."

"진담진담. 그래도 기왕이면 내가 즐길 수 있는 걸 하고 싶어."

세이라의 그런 말을 듣자, 야마토는 어이없음을 넘어서서 감탄하고 말았다. 세이라는 결코 농담으로 이런 말을 하지 않는다는 걸 야마토도 알고 있기 때문이다.

그래서 야마토의 마음에도 이런 것에 고민할 여유가 생겼다.

"하지만, 만약 정말로 시라세가 그런 거물이 된다면, 애초에 나 같은 놈하고 놀고 있을 여유가 사라질 것 같네."

야마토는 가급적 무거워지지 않도록, 의식해서 말을 꺼냈다.

이건 사실 커다란 걱정거리 중 하나이기도 했다.

그렇지만, 세이라에게 떠넘길 일도 아니었기에 야마토는 마치 그다지 신경 쓰지 않는다는 듯 행동했지만.

"무슨 소리야? 당연히 놀 건데."

세이라는 사뭇 당연하다는 듯, 오히려 약간 짜증을 내면서 대답했다.

"그, 그래?"

"응. 그도 그럴 것이, 일하느라 놀지 못하게 되면 그야말로 주객전도잖아. 어디까지나 나는 야마토와 함께 있으려고 기반을 만들려는 거야. 목적과 수단을 거꾸로 두지 말아야지."

"으, 응."

또다시 성가셔지는 소리를 태연하게 말한 것 같지만, 야마토는 깊이 생각하지 않기로 했다. 지금은 어디까지나 가정 이야기를 하는 것에 불과하니까.

(키스 신이 어쩌니 고민하던 내가 작게 느껴질 정도로 장대한 이야기네.)

가정이라고는 해도, 이 이야기의 규모감에는 가슴이 들뜬다. 단순히 낭만적인 느낌을 받았다.

"야마토는 이걸로 어느 정도는 납득해 줬어?"

신기하게도, 조금 전까지의 규모가 큰 이야기 도중에는 전혀 망설임을 보이지 않던 세이라가 이 질문을 할 때만큼은 긴장한 것처럼 보였다.

그 모습이 참으로 사랑스러워서, 야마토는 얼굴에 미소가 번지는 걸 느꼈다.

"그래, 납득했어. 나만 언제까지고 우물쭈물할 수는 없다는 생각이 드네."

"그렇구나."
"게다가."
야마토는 눈앞의 세이라에게 한 걸음 다가가서——.
"——아."
세이라의 입에서 숨결이 흘렀다.
놀라는 것도 어쩔 수 없다.
달빛이 비치는 밤하늘 아래에서, 야마토가 세이라를 끌어안았기 때문이다.
"고마워. 나와 함께 있기 위해서 잔뜩 생각하고, 끌어안고, 열심히 노력해 줘서. 굉장히 기뻤어."
"응……. 그럼 다행이야."
세이라치고는 애매한 반응이었지만, 지금의 야마토는 신경 쓰지 않았다.
왜냐하면, 세이라가 최근 바쁘던 이유가 모두 야마토와의 관계를 지키기 위해서라는 걸 알게 되었기에, 야마토의 마음은 따스해졌고—— 이른바, 끓어올랐기 때문이다.
그로부터 야마토가 몸을 떼어놓으면서 미소를 짓자, 세이라는 눈을 깜빡이면서 말했다.
"깜짝 놀랐어……. 그리고, 굉장히 두근두근했어……. 아니, 지금도 그래."
"어?"
뺨을 붉게 물들이면서 멍하니 있는 세이라의 얼굴을 보자, 이번에는 야마토가 두근두근하게 되었다.

그리고 새삼스럽게 자신이 저지른 일을 실감한 야마토는 급격하게 부끄러워졌다.

“아, 저기, 지금 이건 감사의 마음을 전하고 싶어서 말이지!”

초조해하는 야마토를 제쳐놓은 채, 세이라는 바닥에 꽈당 주저앉고 말았다.

“시라세?! 괜찮아?!”

“다리에서…… 힘이 빠졌을지도.”

“뭐? 미안! 정말로 미안!”

“힘, 안 들어가…….”

곤혹스러워하는 세이라가 너무나도 귀여워서, 야마토는 “하하.” 하고 웃고 말았다.

그러자 세이라는 빨개진 얼굴로 눈을 흘겼다.

“뭔가 야마토가 여유로워 보여. 열 받네.”

그 광경이 역시 너무나도 귀여웠기에, 다시 끓어오른 야마토가 여유를 부리며 말했다.

“아~ 이건 그건 내가 끌어안아서 그럴지도 모르겠네. 이걸로 알았겠지만, 느닷없이 끌어안으면 깜짝 놀라게 돼. 나도 여름방학 때 시라세가 끌어안았을 때는 심장이 터지는 게 아닌가 싶을 만큼 놀랐으니까.”

“손, 잡아줘.”

“아, 그래그래.”

들은 대로 손을 내밀자, 세이라는 그 손을 잡고 일어섰다.

“후우.” 하고 살짝 숨을 내쉰 세이라는 이미 원래의 포커페이스로 돌아갔다.

"연극의 키스 신에서는 안 했으면서."

그리고 갑자기 불평하듯 말했다.

이것에는 야마토의 텐션도 곧바로 원래대로 돌아가고 말았다.

"뭐, 뭐어, 그건 또 다르다고나 할까……. 아니, 지금과는 상관없잖아?!"

"딱히 상관은 없지만. 지금부터 문화제 뒤풀이를 하는 모양이니까 슬슬 갈까."

"으, 응!"

할 말은 얼추 끝났고, 앞으로가 불안하지 않다면 거짓말이 되겠지만 마음은 많이 개운해졌다.

게다가 세이라의 입에서 문화제 뒤풀이를 가자는 말이 나온 거다. 이것에 편승하지 않을 수는 없었다.

"아, 그러고 보니."

가방을 챙기러 교실로 돌아가려고 계단을 내려가던 중 야마토는 떠올렸다.

"응?"

앞을 걷던 세이라가 발을 멈추고 돌아보자, 야마토는 별생각 없이 말했다.

"언니── 레이카 씨가 아까 이야기를 알고 있었어. 만났을 때 '아직 못 들었나 보네.' 라고 의미심장하게 말해서 내심으로는 어떤 이야기인가 조마조마했거든."

"응. 뭐, 그렇지."

기분 탓인지, 세이라의 목소리 톤이 내려간 기분이 들었다.

그대로 세이라가 걸어가기 시작했기에, 야마토도 얌전히 뒤따라갔다.

오늘이 끝나면 다시 방과 후에는 세이라와 함께 보낼 수 없는 나날이 시작될 거다.

어떻게든 할 수 없을까 고민해 봤지만, 자신의 어머니에게까지 영향이 생길지도 모르는 상황이라 섣불리 행동할 수 없었다.

그러나 아무튼, 이대로 세이라에게 맡기기만 할 생각이 없다는 건 확실하다.

그쪽도 포함해서, 야마토는 정리해야만 한다.

그래도 우선은 자기 마음에 솔직해지는 것부터 시작하려고 했다.

용기는 이미, 조금 전에 충분히 받았다.

연극 키스 신 때에는 겁먹었지만, 이미 각오는 되었다.

(——나는, 시라세에게 고백하겠어.)

쿠라키 야마토, 일생일대의 각오였다.

4화 작전 회의와 집 방문

문화제라는 행사 후에는 2학기 중간고사가 기다리고 있었다.

그래서 그날 방과 후는 공부 모임 명목으로, 제안자인 야마토를 포함한 세 명의 학생이 교실에 남았는데.

"——나, 시라세에게 고백하려고 해."

"푸헉?!" "호에엣?!"

야마토가 갑작스레 폭탄 선언을 하자, 눈앞에 앉은 에이타와 메이가 격하게 동요했다.

커피 우유를 뿜어버린 에이타는 입가를 닦으면서 마음을 진정시키려는 듯 말했다.

"잠깐, 진정해. 나. 그리고 쿠라키, 상황을 정리하자. 너는 성녀님을—— 시라세 세이라 양을 좋아하는 거지?"

"아니, 그런 건 본인에게 직접 전하고 싶으니까."

"우와, 귀찮아!"

책상을 두드리며 공부 도구를 내던진 에이타를 보다 못한 메이가 웃으면서 나섰다.

"자자, 진정해. 신죠 군. 이런 일은 말이지, 상대를 생각하는 마음이 중요한 거야. 그래서 쿠라키 군. 그 마음은 라이크가 아니라 러브라는 게 맞는 거지?"

"아니, 그런 건 처음에는 본인에게 전하고 싶으니까."

"호에엣?!"

얼굴을 붉힌 메이가 흥분한 듯 몸을 좌우로 흔들어댔다.

아무래도 순수한 연애 이야기를 정면에서 듣게 되니 몸부림을 칠 수밖에 없는 모양이다.

"하아……. 상담한 상대가 안 좋았던 모양이야. 다음은 코사카 양에게라도——."

""아니아니아니아니!""

그 순간, 허둥대던 두 사람이 일치단결해서 야마토의 어깨를 붙잡으려 들었다.

그 필사적인 모습에 말 못할 공포를 느낀 야마토는 일어서려고 들었던 허리를 어쩔 수 없이 내렸다.

"두 사람 다 대체 뭐냐고."

"들을 테니까! 우리가 잘 들어줄 테니까!"

"부탁이니까 그 후배에게 상담하는 것만큼은 그만둬."

"그렇게까지 말한다면, 알았어."

원래 오늘 공부 모임은 야마토가 연애 상담을 하는 목적으로 열었다. 소집한 게 에이타와 메이인 것도, 두 사람이라면 자신의 상담을 받아주리라 생각했기 때문이다.

그러니 이 두 사람이 이렇게까지 말한다면 소홀히 할 수는 없었다.

애초에 야마토는 이런 연애 상담을 하는 것 자체가 익숙하지 않아서 솔직히 안절부절못하고 있지만, 메이와 에이타도 어느 의미로는 평정심을 유지하지 못하고 있었다.

"그래서? 성녀님에게 고백한다는 거야? 장소나 타이밍은 정했고?"

곧바로 에이타가 말을 꺼내자, 야마토는 살짝 한숨을 쉬며 말했다.

"안 정했어……. 이런 건 어떻게 하는 게 베스트야?"

"뭐, 나라면 즉시 결단. 우선 첫 번째는 어디라도 좋으니까 단둘이 있는 타이밍에 고백하겠지."

"과연, 참고가 되네."

노트(수업용)에 메모하는 야마토를 본 메이가 뺨을 실룩거리며 개입했다.

"있잖아. 나는 장소도 중요하다고 생각해. 모처럼 고백을 받는 거니까, 역시 두 사람의 추억이 많은 장소라든가, 나머지는 배 위처럼 로맨틱한 시추에이션도 좋겠어~. 그리고, 장소에 맞춰서 시간대도 중요할지도! 배 위는 역시 밤이어야지!"

"과연. 타마키 양의 말은 받는 쪽의 의견이라서 굉장히 참고할 점이 많네."

다시 메모하는 야마토를 본 에이타가 호들갑스럽게 한숨을 쉬었다.

"이봐, 쿠라키. 그런 꿈같은 이야기를 참고로 삼으면 안 된다고. 너는 이게 처음 하는 고백이잖아? 그럼 기발한 수를 쓰기보다는 왕도이면서 단순하게 가야지! 중요한 건 상대에게 마음이

제대로 전해지느냐니까!"

"과연――."

"아니야! 장소도 중요한걸! 그런 부분부터 잘 생각하면, 고백받는 쪽에도 분명 전해질 거니까! 그런 배려라든가 고민 같은 게 전해지면 여자애는 기뻐지는 법이야! 그리고 만약 실패하더라도 그때 쿠라키 군은 분명 귀여울 거야!"

"아니, 나는 딱히 귀엽거나 그런 건――."

"아니! 뭘 모르네! 전혀 모르잖아! 있잖아. 상대는 그 성녀님이라고?! 장소라든가 시추에이션에만 신경을 쏟다가 막상 실전에서 어중간하게 전해보라고! ―― '뭐라고 말했어?' 라고 말하는 게 끝일 게 뻔하잖아! 거기서 쿠라키가 다시 일어선다는 보장이 어디에 있는데?!"

"지금 그거, 시라세의 목소리 흉내야? 너무 안 닮았잖아……. 그보다, 아무리 시라세라도 그렇게까지는――."

"맞아! 성녀님이라도 제대로 들어줄 거야! 평소에는 멍~하니 있지만, 말을 걸면 잘 들어주는 사람인걸! 쿠라키 군이 성심성의껏, 제대로 마음을 전한다면 분명 전해질 테니까!"

"타마키 양. 시라세를 평소에는 멍~하니 있다고 생각하고 있었――."

"생각하지 않았어! 말실수입니다!"

메이와 에이타가 헥헥, 하고 숨을 헐떡이면서 서로를 노려보는 상황이 생겨났다.

모르는 사이 당사자인 야마토를 두고 두 사람의 싸움이 시작되었다.

거기서 에이타가 야마토 옆에 앉아서 그대로 어깨동무했다.

“이봐, 쿠라키. 나쁜 말은 하지 않을 테니까 내 의견을 믿으라고. 말해두는데, 내 고백 성공률은 90퍼센트를 넘으니까. 나에게는 안심할 수 있는 실적이 있어.”

“오오…….”

확실히, 연애에 관해서 에이타는 믿음직하기만 한 게 아니라 묘한 설득력이 있다. 이것도 경험과 실적에 의한 것이구나. 야마토는 솔직히 다시 봤다.

그러자 이번에는 메이마저도 야마토 옆에 앉아서 옷자락을 살며시 붙잡았다.

“나, 나도 일단 여자니까, 여자 마음은 잘 알거든!”

“뭐, 뭐어, 그건 그렇기는 하지…….”

“이 기회에 물어보겠는데, 타마키는 누군가와 사귄 적 있냐?”

에이타가 직구로 질문을 던지자, 메이는 울컥해서 노려봤다.

“없긴, 하지만.”

(없구나?!)

야마토가 오늘 최고로 놀란 사실이었다.

이러면 야마토가 믿을 사람은 에이타가 되는 게 자연스러운 흐름이지만――.

거기서 메이가 야마토의 팔을 꽉 잡았다. 동시에 터무니없이 부드러운 게 팔에 닿아서 야마토는 몸부림을 쳤지만, 그런 야마토는 아랑곳하지 않은 채 메이가 말했다.

“그, 그래도, 신쵸 군은 거짓말하고 있지? 고백 성공률 90퍼센트가 넘는다니, 그거 똑같은 사람에게 차인 횟수도 제대로 계산에 넣은 걸까?”

“으극?!”

에이타 쪽에서 한심한 소리가 나왔다. 야마토는 필사적으로 사념을 뿌리치면서 에이타 쪽을 바라봤다.

“신쵸? 어떤데?”

“뭐, 뭐어, 그쪽도 포함한다면, 50을 밑돌지도 모르지.”

“대체 얼마나 같은 사람에게 어택하고 있는 건데…….”

“어쩔 수 없잖아! 진짜 운명을 만나버렸으니까!”

일어나서 당당하게 말하는 에이타를 본 야마토는 조금 부끄러워졌다.

“너도 충분히 꿈같은 얘기잖아…….”

“시끄러워. 연애는 징글징글한 게 당연하다고.”

“쿠라키 군은 그렇지 않거든!”

“으, 응. 고마워.”

굳이 커버해 주는 메이에게 감사하자, 거기서 메이가 놀라면서 팔에서 떨어졌다.

“그래도 미안해. 연애 경험이 없는 내가 나서다니.”

“아니, 그렇지 않아. 아까도 말했지만, 받는 쪽의 의견도 참고가 되니까. 게다가 타마키 양도 고백을 받은 경험은 있잖아?”

“에헤헤. 역시 쿠라키 군은 다정하네.”

“그러고 보니 타마키는 고백한 경험은 있는 거냐?”

에이타가 이 기회를 틈타서 메이에게 대담하게 물었다.

"없어. 아직 짝사랑도 제대로 해본 적이 없거든~."

"세상 참 각박하네."

"그렇지? 세상은 각박하다니까아."

분위기가 왠지 칙칙해져서, 야마토는 웃으면서 일어났다.

"상담하고는 상관없이, 오늘은 너희 두 사람에게 이것저것 들어서 기뻤어. 고마워."

"쿠라키……."

"쿠라키 군……."

"그럼, 나는 이만──."

""아니아니아니아니!""

모처럼 좋은 분위기로 떠나려고 했건만, 에이타와 메이가 다시 엄청난 표정으로 어깨를 붙잡았다.

"자, 잠깐. 다들 왜 그러는데!"

"아니, 너 무조건 코사카한테 물어볼 생각이잖아?!"

"절대로 안 돼! 쿠라키 군 바보!"

"하아……. 대체 뭐냐고."

츠바키는 세이라와 가까운 관계에 있는 인물이다. 세이라를 연모하는 동지인 메이에게는 미안하지만, 적어도 거리감이라는 의미에서는 그쪽이 더 가깝다. 그렇기에 야마토는 츠바키에게도 참고 의견을 들어보려고 했지만, 두 사람은 그걸 꼭 저지하고 싶은 모양이었다.

바로 그때, 야마토는 중요한 것(?)을 떠올렸다.

그것은 여름방학 때 불꽃놀이 대회에서 츠바키가 세이라에게 커밍아웃했을 때의 일이다. 야마토는 츠바키가 세이라에게 연애적인 호의를 보이고 있을지도 모른다고 느꼈다는 걸 떠올렸다.

"——아니, 내가 미안했어. 그런 일은 절대로 하지 않을게."

""어?""

얌전히 물러난 야마토를 본 에이타와 메이가 살짝 동요했다.

그런 두 사람에게 야마토는 미리 당부하기로 했다.

"아, 이유는 묻지 말아줘. 대답할 생각은 전혀 없으니까."

"(우와~. 이거 무조건 뭔가 착각하고 있는 것 같아…….)"

"(말하지 마. 또 성가셔지니까.)"

"다 들리거든?"

두 사람이 움찔 어깨를 떨었다.

거기서 에이타가 분위기를 다잡으려는 듯 양손을 짝 쳤다.

"뭐, 우리의 의견을 대충 요약하자면 말이지. ——최대한 빠른 타이밍에, 장소와 시추에이션을 소중히 여기면서, 자신의 마음을 확실하게 전해야 한다는 거지."

"뭔가 굉장히 난이도가 높은 것 같은데……."

"여기서는 긍정적으로 가자. 우리도 장소 후보 같은 건 생각해줄 테니까."

"우선은 시험을 넘어서야지. 아무리 그래도 시험 전에 고백하는 건 추천하지 않아."

"그러게. 그럼 바로 공부를——."

——드르륵. 그때, 교실 문이 열렸다.

입구에 선 인물을 본 야마토 일행은 입을 쩍 벌리며 굳어졌다.

"어라? 야마토잖아. 아직 있었구나."

"시, 시라세야말로……! 이렇게 늦게까지 남아있었어?"

그곳에 서 있는 건 아까까지 이야기하던 그 인물—— 세이라다. 그야말로 호랑이도 제 말 하니 온 격이었다.

세이라는 메이와 에이타를 힐끔 보면서 자기 책상으로 가더니 안에서 프린트를 꺼냈다.

"뭐, 그렇지. 잠깐 호출이 있어서. ——근데, 그쪽은 뭐 하고 있어? 공부?"

전혀 개의치 않고 다가온 세이라가 물었다.

그러자, 가장 가까운 위치에 있던 메이가 대답했다.

"으, 응! 셋이서 시험공부를 하고 있었어! 중간고사, 이제 다음 주니까."

"흐~응. ——성공률 90퍼센트라는 건 수학?"

"""캑."""

책상 위에 펼쳐진 야마토의 노트에는 조금 전 연애 상담에 관한 메모가 빼곡하게 있었다. 야마토가 곧장 덮었지만, 세이라는 고개를 갸웃했다.

허둥대는 야마토와 에이타를 보다 못한 메이가 일부러 일어났다.

"맞아, 맞아! 성공률 90퍼센트로 차이는 횟수를 구하시오~! 같은 문제여서!"

"차인다니?"

"호와앗?!"

커버할 생각이었지만 사고를 친 메이를 대신해서 야마토가 일어섰다.

"그, 그보다도, 시라세야말로 호출이라니 무슨 일 있었어? 뭐, 말하기 힘들다면 딱히 상관없지만."

"아니야. 잠깐 보고할 일이 있었을 뿐. 이미 끝났어."

"그렇구나."

거기서 에이타가 갑자기 일어서더니 가방을 들고 윙크를 섞으며 말했다.

"그러면 나는 보건실에 들르기로 할까. 오늘이야말로 성공률이 올라갈지도 모르지~."

그러자 메이마저 동조하듯 일어섰다.

"나, 나도, 저기…… 집에 가야지! 두 사람도 잘 있어!"

이유는 떠오르지 않았던 모양이지만, 아무튼 눈치껏 행동해준 것 같다.

"뭔가 눈치를 준 것 같네. ——우리도 갈까?"

"어? 같이?"

"응. 오늘은 늦은 시간부터니까."

좋았어. 야마토는 무심코 승리의 포즈를 잡았다.

"아하하. 그렇게 기쁜 거야?"

"뭐, 뭐어, 그렇지. 이런 건 오랜만이니까."

거기서 야마토는 시선을 돌리고 말았다.

아무래도 고백하는 걸 의식해서 눈을 잘 마주치지 못할 것 같았기 때문이다.

"눈, 돌렸네."

"직구잖아!"

"그치만, 돌렸으니까."

잊고 있었지만, 세이라는 이런 성격이다. 체념한 야마토는 포장하며 말했다.

"그게, 요전에 그런 일이 있었으니까, 조금 거북해졌달까."

"끌어안았던 거?"

"그러니까 너무 직구잖아!"

"그럼, 허그?"

"말투 문제가 아니야……."

푭, 하고 서로 뿜더니 그로부터 함께 웃었다.

그래도 역시 눈을 마주치는 건 부끄러웠던 야마토는 한심하게 생각하면서도 말했다.

"뭐, 아무튼 그런 거니까, 조금은 용서해 줘."

"그렇구나. 딱히 상관은 없지만."

그렇게 둘이 같이 학교에서 나와 평소처럼 하굣길을 나란히 걸었다.

이미 해는 저물고, 가로등의 불빛이 길을 비추고 있다.

겨울의 기척이 느껴질 만큼 쌀쌀해서, 쉬는 숨결이 하얘졌다.

이렇게 일상적인 일이 세이라와 걷기만 해도 특별한 것처럼 느껴진다.

그만큼 이 시간이 굉장히 오랜만이라는 걸 실감했다.

"있잖아. 야마토."

문득, 조금 앞을 걷던 세이라가 돌아봤다.

"뭔데?"

"야마토네 집에 가도 돼?"

"어? 지금부터?"

"아니. 그러면 폐가 될 것 같고, 애초에 이쪽에도 예정이 있으니까—— 내일은 어때? 주말이잖아."

야마토의 머리는 조금 뒤늦게 세이라의 요구를 올바르게 이해했다.

"…………진짜로?"

"안 돼?"

"시, 시시, 시험 기간이고……."

"공부, 가르쳐 줄게."

"어, 엄마도, 내일은 있을 텐데."

"응. 만나고 싶어."

"뭐, 뭐어……?"

곤혹스러워하는 야마토의 얼굴을 본 세이라가 뭔가 떠올린 모양이었다.

"야마토는, 진짜 야하네."

"뭐어?! 갑자기 뭔데!"

"어머니, 없는 게 나은 거잖아?"

놀리는 듯한 미소를 지으며 물어보자, 야마토는 자신의 얼굴이 빨개지는 걸 느꼈다.

“아, 아니야! 아까 그건 그런 의미가 아니라!”

“흐~응. 뭐, 어느 쪽이든 상관없지만.”

“상관없는 거냐고?!”

헥헥, 숨을 헐떡이는 야마토를 본 세이라가 유쾌한 듯 짙은 미소를 지었다.

“갑작스러웠나 보네.”

“그야 그렇지. 그보다, 놀지 못하는 거 아니었어?”

“뭐, 많이 무리하면 예정을 비울 수 있게 될 테니까.”

“그, 그렇구나.”

좀처럼 납득은 가지 않았지만, 세이라와 보내는 시간을 만들 수 있는 건 야마토에게도 플러스밖에 되지 않기에, 여기서는 깊이 추궁하지 않기로 했다.

“그럼, 내일 갈게.”

“집에 오는 건 결정이구나.”

“그치만, 야마토도 전에 말했잖아. ‘우리 집이라도 괜찮다면’이라고.”

“그거 언제 적 이야기야…….”

“골든위크 때였으니까, 5월이네.”

“용케 기억하네.”

“잊을 리가 없잖아. 야마토와 있었던 일은 전부, 똑똑히 기억하니까.”

조금 쓸쓸한 듯 웃는 세이라의 얼굴을 바라보자, 야마토의 가슴이 꽉 조여들었다.

이 가슴의 아픔이 사랑이라 부르는 감정 때문이라면, 야마토는 한참 전부터 세이라를 사랑하고 있었다는 뜻이 된다.

이건 이것대로 좋네. 야마토는 그렇게 생각하면서 세이라 옆에 나란히 섰다.

"그렇다면 종종 '그랬었나?' 라고 얼버무릴 때는 일부러 그런 거네."

"뭐~? 그랬었나?"

"대체 얼마나 자기한테 편리한 기억력인 거야……."

세이라는 "이거야 원." 이라며 어이없어하는 야마토의 얼굴을 들여다보면서 말했다.

"내일, 갈 거니까. 어머니한테도 전해줘."

"그래그래. 몇 시에 올 거야?"

"으~음. 저녁이라거나?"

"아니, 적어도 낮으로 하자. 예정이 있다면 어쩔 수 없지만, 일단 공부한다면서?"

"그럼 낮에 갈게. 노력해서 일어날 테니까, 맛있는 점심을 대접해 줘."

"알았어."

두근, 두근, 심장 박동 크게 울려서 시끄럽다. 지금까지의 야마토는 이런 매력적인 여자애와 함께 있는 게 과연 괜찮은 건가 싶어서 그저 곤혹스럽기만 했었다.

지금은 이미 평정심을 가장하는 게 고작이건만.

이 허스키한 목소리를 듣기만 해도, 이 커다란 눈동자를 보기만 해도, 가까이 다가오기만 해도 가슴이 괴로워져서 견딜 수가 없다.

"후후, 기대되네."

그 웃음을 보고 있으면, 어찌할 수 없을 만큼 실감하게 된다.

아아, 나는 이 아이를 사랑하고 있구나――라는 것을.

그로부터 두 사람은 역 앞에 도착해서 헤어졌다. 야마토가 아는 타워 맨션의 그 방은 이미 비어서 세이라를 집까지 바래다줄 수는 없다.

그래도 상관없었다.

이렇게 얼굴을 볼 수만 있다면 괜찮다고 생각했으니까.

◇

다음 날.

세이라가 자기 집에 온다는 걸 과하게 의식한 야마토는 결국 한숨도 자지 못했다.

그래서 졸린 눈을 비비면서 묵묵히 점심을 만들고 있었다.

"좋은 아침~."

정오 직전이 되자, 어머니가 일어났다. 진한 갈색 머리를 뒤로 넘겨서 하나로 묶었고, 동안이라 30대 후반치고는 젊게 보이지만 그래도 쌩얼로 세이라와 만나는 건 피해줬으면 했다.

참고로 어젯밤에 세이라가 온다는 건 전했지만, 긴장감이 조금도 없다.

뭐, 어머니가 긴장해도 곤란하지만.

"좋은 아침, 엄마. 어제도 말했지만, 앞으로 30분 정도면 시라세가 올 거니까."

"그래그래. 걸프렌드네."

"아니, 그런 건 아니라고 했잖아."

어머니는 아들의 말은 전혀 아랑곳하지 않은 채 화분에 물을 주기 시작했다.

"있잖아. 걸프렌드는 번역하면 여사친이라는 의미거든?"

"젊은 애들한테 그런 건 안 통한다고 생각해 줘."

"엄마도 아직 젊거든요~."

"아, 그런가요."

(온화하다고 해야 할지, 천연이라고 해야 할지, 이런 엄마라서 만나게 하고 싶지 않았단 말이지…….)

프라이팬으로 구이를 만들던 야마토는 한숨을 쉬고 싶은 기분이었다.

"그보다도, 오늘은 그 차림으로 괜찮겠니? 너무 수수하지 않을까?"

어머니가 쓴소리를 했지만, 야마토의 복장은 하얀 셔츠에 감색 스웨터, 그리고 베이지색 치노 팬츠를 합친 심플한 코디였다. 인터넷에서 '무난한 코디'로 실린 거다.

"시끄럽네. 심플하니까 괜찮잖아."

"심플하다기보다는 그냥 수수한 거라고 생각하는데."

"심 · 플! 무난하다고도 할 수 있지."

"그나저나 오늘 오는 건 문화제 연극에서 공주님을 했던 아이잖니? 그렇게나 귀여운 아이가 오는데 무난한 차림으로 괜찮을까?"

얼마 전 문화제에는 야마토의 어머니도 왔었고, 비디오카메라로 촬영도 확실하게 해놨었다. 덕분에 야마토는 자신들이 한 연극을 다시 볼 수 있었지만, 세이라의 귀여움과 어마어마한 연기력, 그리고 자신의 수수함을 통감해서 여러 의미로 감정이 흔들렸었다.

"괜찮아. 시라세는 이런 걸로 불평하거나 하지 않으니까."

"그럼 괜찮지만. 엄마도 슬슬 꾸며야겠어."

"무난한 걸로 해줘. 부탁이니까."

"네~에."

"정말로 알고 있는 건지……."

그로부터 20분 정도 지나고, 슬슬 점심밥이 완성될 무렵에 초인종이 울렸다.

기다리게 하지 않기 위해 서둘러 현관으로 나간 야마토는 문을 열었을 때 놀랐다.

그곳에 서 있는 건, 야마토의 취향을 스트라이크로 맞춘 차림새의 세이라였다.

흰색 긴팔 블라우스에 검은색 점퍼스커트를 맞춘 코디는 캐주얼하면서도 기품이 느껴졌고, 하프업으로 묶은 헤어 어레인지가 굉장히 귀여웠다.

“여어.”

그런 차림새와는 동떨어진 인사가 날아오자, 야마토는 겨우 정신을 차렸다.

“으, 응. 잘 왔어. 빨리 들어와.”

바로 집으로 들이려고 했지만, 세이라는 옷자락을 살짝 잡으면서 목소리를 죽이며 물었다.

“그 전에, 오늘은 어머니 있어?”

“응. 있는데.”

“그렇구나. 그러면 애교를 부리는 게 좋으려나? 좋게 보이고 싶은데.”

세이라가 이런 식으로 누군가에게 ‘좋게 보이고 싶다’ 라는 말을 꺼내는 건 처음 보는 것 같았다.

그래서 야마토는 고개를 좌우로 내저었다.

“아니, 그거라면 더더욱 평소처럼 있어도 돼.”

“그래?”

“응. 일단 묻겠는데, 애교를 부린다면 대체 어떤 느낌으로 있으려는 건데?”

“야~옹, 이라든가.”

세이라가 굳이 고양이 손까지 만들어서 보여주자, 야마토는 바닥에 무릎을 꿇었다.

이건 곤란하다. 너무 귀여워서 현기증이 날 정도다.

“어라? 괜찮아?”

"괜찮지 않아. 그건 하면 안 되는 녀석이야……."

"흐~응. 그럼 이제 집에 들어가도 돼?"

"드, 들어와."

"실례합니다~."

마음을 다잡고, 세이라를 집으로 들였다.

복도를 지나 거실로 들어가자, 펑퍼짐한 외출용 원피스로 갈아입은 어머니가 테이블에 있었다.

"안녕, 반갑다냥~."

그러나 인사가 모든 걸 엉망으로 만들었다. 완전히 현관에서 나눈 대화를 듣고 나온 말이다.

"야마토. 역시 나도 내숭을 떠는 게——."

"안 떨어도 되니까! 부탁이야, 무시해 줘!"

머리를 감싸 쥐고 애원하는 야마토를 본 세이라가 슬쩍 미소를 지었다.

그리고 세이라는 야마토의 어머니를 돌아보더니 진지한 표정으로 인사했다.

"——처음 뵙겠습니다. 야마토 군의 같은 반 친구인 시라세 세이라라고 합니다. 야마토 군과는 언제나 친하게 지내고 있어요. 오늘은 실례하겠습니다."

마지막에는 방긋, 하고 애교 있는 미소를 지으며 인사했다.

그건 야마토가 처음으로 보는, 예의 바른 대응을 보이는 세이라의 모습이었다.

"이거 정중한 인사 고마워. 야마토의 어머니인 요코입니다. 요우든, 어머님이든 마음대로 불러줘♪"

"그럼 요우로."

"거기서는 적어도 요코 씨로 해줘!"

""뭐~?""

"왜 바로 호흡이 딱딱 맞는 건데."

야마토는 빠르게도 피폐해졌지만, 오늘은 대접하는 쪽이다. 세이라를 테이블에 앉히고 점심 식사를 테이블 위에 놓기 시작했다. 오늘 메뉴는 채소볶음에 현미밥, 닭고기 소금구이에 샐러드와 된장국을 곁들인 THE 왕도 건강 런치다.

식탁에 요리가 진열되는 중에 알아챘는데, 야마토는 앞치마를 계속 걸치고 있었다. 즉, 앞치마 차림으로 현관에 나온 거라서 조금 부끄러워졌다.

그때 두 사람의 대화가 들려왔다.

"흐응. 평소에는 이름으로 부르는구나."

"네. 야마토는 줄곧 저를 성으로밖에 안 부르지만요."

"미안해. 우리 아들이 부끄럼쟁이라서."

"아뇨. 요우가 사과할 일은 아니에요."

(결국 요우라고 부르는 거냐고……!)

페이스가 엉망이 되었지만, 두 사람은 빠르게도 친해진 모양이라 그건 안심했다.

"――좋아. 끝났어."

야마토가 말을 걸자, 세이라와 요코는 "오~!"라고 감탄한 듯 요리들을 바라봤다.

그대로 야마토가 세이라 옆에 앉자, 요코가 웃으며 바라보고 있어서 짜증 났다.

"자, 그럼. 잘 먹겠습니다."

""잘 먹겠습니다.""

그리고 식사를 시작하자, 세이라가 "으음~!"이라며 환한 표정을 지었다.

"맛있어~. 오랜만에 건강한 걸 먹은 기분이 들어."

"최근에는 대체 어떤 걸 먹는 거냐고. 역시 라멘뿐이야?"

"뭐, 그런 느낌. 나머지는 일하다가 받는 도시락 같은 거려나."

그러자 요코가 흥미진진한 기색으로 세이라에게 물었다.

"그래서, 역시 세이라는 연예인인 거니? 아무래도 얼굴이 너무 예쁘다 보니까 엄마는 계속 놀라고 있는데."

요코는 이미 완전히 말투가 평소대로 변해버렸기에, 야마토는 쓴웃음을 지을 수밖에 없었다.

"아뇨, 일반인이에요. 이제부터 연예인이 될지도 모르지만요."

"역시 그렇구나! 장래가 촉망된다고 할까, 무조건 뜰 거야~. 세이라라면 내가 아는 한 세상에서 제일 귀여우니까!"

"푸흡?! ……콜록, 콜록……."

바로 얼마 전, 자신이 했던 것과 똑같은 말을 어머니가 꺼내는 바람에, 야마토는 저도 모르게 된장국을 뿜어버렸다.

"어머? 우리 아들이 벌써 말한 걸까? 세이라가 세상에서 제일 귀엽다고."

"저기 말이야……."

"말했어요. 말은 조금 달랐지만."

"저기 말이야……. 다들 식사 중에는 조용히 하자."

두 사람 모두 고개를 끄덕끄덕 흔들었다. 역시 좀 미안했던 모양이다.

그로부터 세이라는 순식간에 완식했다.

더 있다고 하니까, 밥솥에 있던 밥을 모두 먹어치워 버렸다.

"그럼 엄마는 잠깐 장 보고 올게~. 느긋하게 있으렴~."

요코는 그렇게 말하면서 점심을 다 먹자마자 나가버렸다.

그 등을 배웅한 야마토는 조마조마하면서 싱크대에 섰다.

"하아. 엄마는 정말 태평하다고 해야 할지……."

"설거지, 도와줄게."

"괜찮아. 시라세는 손님이니까."

"같이 하고 싶어. 모처럼 맛있는 점심을 대접받았으니까."

"뭐, 그런 거라면야."

그렇게 둘이서 함께 설거지를 하게 되었는데, 분담 방법은 야마토가 씻은 식기의 물기를 세이라가 닦는 것이었다.

둘이서 집안일을 하는 체험은 무척 신선했다. 야마토는 묘한 부끄러움을 느끼면서도 묵묵히 식기를 씻었다.

조금 전까지는 어머니가 있던 만큼 야마토도 세이라를 과하게 의식하지 않을 수 있었지만, 지금은 다르다.

옆에는 세이라가 있고, 이 집에는 지금 단둘만 있는 상황. 이건 의식하지 않는 게 무리다.

야마토는 기분이 이상했지만, 그때 세이라가 먼저 말을 걸었다.

"야마토의 어머니, 귀여운 분이네."

"그냥 아무 생각도 없는 거야. 이제 나이도 꽤 먹었는데 위태롭다고 해야 할지."

"그렇구나? 뭔가 우리하고 그다지 다르지 않은 것 같은데."

"아들로서는 굉장히 복잡해지는 칭찬이네……."

"괜찮잖아. 다정해 보이고."

세이라가 말을 건넨 덕분에 거북함은 많이 풀어졌다.

여기서 세이라 어머니의 인물상을 물어보는 건 대화의 흐름으로는 자연스럽다. 그러나 복잡한 가정 환경이라는 건 알고 있었기에, 쉽사리 파고들어도 되는지 망설여졌다.

그런 야마토의 갈등을 짐작했는지, 세이라가 천천히 입을 열었다.

"적어도, 내 어머니하고는 전혀 달라. 이제 몇 년이나 제대로 대화한 적이 없고."

"시라세의 어머니는 어떤 분인데?"

모처럼 세이라 쪽에서 말을 꺼냈기에, 야마토는 큰맘 먹고 물어봤다.

그러자 세이라는 표정을 흐리며 말했다.

"한마디로 말하면, 차가운 사람이려나. 언제나 무표정하고, 뭘 생각하는지 잘 모르겠고, 아버지에게는 절대로 거스르지 않는── 그런 사람이야."

그런 설명은 처음 만났을 때의 세이라를 조금 떠올리게 했지만, 그 세이라가 이렇게 말하는 거니까 어지간한 것이리라.

"흐응. 조금은 만나 보고 싶네."
"어? 내 이야기 들었어?"
"들었어. 하지만, 어쩌면 외모는 시라세와 비슷할 것 같다고 생각해서."
"아~ 그런 거. 야마토는 내 얼굴이 타입인 것 같으니까."
"사람을 얼빠처럼 말하지 마……. 뭐, 타입이라는 건 부정하지 않지만."
"그래도 유감. 얼굴은 그다지 안 닮았어. 굳이 따지자면 언니 쪽이 닮았으려나."
"흐응, 레이카 씨 쪽이 어머니를 닮았나."
"조금 실망했어? 야마토는 언니가 거북하니까."
"그, 그렇지 않거든! 레이카 씨도 미인이라고 생각하고…… 뭐, 성격은 거북할지도 모르지만."
"아하하. 다음에 언니한테 말해둘게."
"그만둬! 뭔가 뒤끝이 무서우니까!"
그렇게 대화하는 사이, 설거지는 순식간에 진행되었다.
"좋아. 이걸로 끝이야."
"수고했어~."
그렇게 설거지가 끝나고, 세이라가 크게 기지개를 켰다.
야마토는 이제 겨우 공부에 들어가려나 생각했지만.
"어라? 공부는 야마토의 방에서 하는 거 아니야?"
야마토가 거실 테이블로 이동했을 때, 세이라가 의아한 듯 물었다.

"아니, 원래 거실에서 할 생각이었는데. 내 방은 좁으니까."

"뭐~? 야마토의 방에서 하고 싶어. 일단 보여줘."

"뭐, 시라세가 그렇게 말한다면야."

야마토는 자신의 심장 소리가 크게 뛰는 걸 느끼면서 세이라를 자기 방으로 안내했다.

"들어와. 좁은 방이지만."

"실례합니다~."

넓이는 다다미 여섯 장 정도인 방에는 작은 테이블과 침대, 그리고 옷장이 있다. 그 밖에도 노트북이나 TV가 있지만, 특징적인 건 아무것도 없다.

그런데도, 세이라는 "오~."라며 흥미진진한 눈치로 방 안을 바라봤다.

"딱히 신기한 건 없잖아."

"야마토가 여기 사는구나~라고 생각하니까 왠지 두근거려."

"그런가?"

"응. 그리고 방 전체에서 야마토 냄새가 나서 마음이 편해져."

"저기…… 그런 건 가볍게 말하지 않는 게 좋아."

"어째서?"

"어째서고 자시고."

여기는 명색이 남자 방이고, 지금은 집에 둘밖에 없다. 무방비하게 그런 말을 하면 야마토도 이성을 유지할 수 있을지 불안해진다.

"뭐, 됐어. 공부하자."

세이라는 방석 위에 앉아서 테이블 위에 교과서를 펼치기 시작했다.

"역시 여기서 공부할 생각이구나……."

"상관없잖아? 야마토의 방에서 하고 싶어."

"알았습니다."

생각보다 강하게 밀어붙였기에, 야마토도 마지못해 공부 도구를 준비했다.

그렇지만 테이블이 작아 두 사람이면 아슬아슬한 정도였다.

"그럼 어디부터 시작할까? 뭐든 좋아."

"그럼, 우선 수학을 부탁해."

"90퍼센트의 그거?"

"그건 이만 잊어줘."

그렇게 둘이서 공부하기 시작했다.

처음에는 조마조마하던 야마토도 조만간 공부에 집중하게 되었다.

이건 잡념을 떨쳐내기 위해 시선을 세이라 쪽에 전혀 돌리지 않았기 때문이다.

그대로 두 시간쯤 지나자, 세이라가 천천히 일어나더니——.

"잠깐 휴식~."

세이라는 침대에 푹 엎어졌다. 야마토가 평소 쓰는 침대에.

"어어……."

"딱히 상관없잖아? 이 옷도 막 세탁한 거니까. ——그보다 이 침대, 야마토의 냄새가 풀풀 나~."

"그런 문제가 아니고……. 저기, 너무 무방비하잖아. 그리고 내 냄새가 나니 뭐니 말하지 마."

"뭐~? 상관없잖아. 우리밖에 없으니까."

세이라는 모로 누워서 얼굴만 돌렸다.

"야마토도 같이 잘래?"

"뭐어?! 이, 이, 이봐! 놀리는 것도 정도껏 하라고! 나는…… 저기, 적당히 마실 거라도 가져올 테니까, 그쪽도 적당히 끝나면 재개할 거야!"

"네~에."

방을 나와서 부엌으로——는 가지 않은 야마토는 세면소에서 얼굴을 씻었다.

(진정하자……. 지금은 시험 기간, 뭔가 행동을 일으킬 타이밍은 아니야.)

냉수를 얼굴에 끼얹어서 한숨 돌린 야마토는 겨우 차분함을 되찾았다.

"좋아."

다음으로 부엌에 가서 두 개의 컵에 오렌지 주스를 따르고, 받은 쿠키와 함께 쟁반에 올려 방으로 돌아왔다.

자기 방이기는 하지만, 문을 열 때는 일단 노크했다.

"들어갈게~."

야마토가 한마디 하고 방으로 들어가자, 세이라는 침대 위에서 새근새근 숨소리를 내며 잠들어 있었다.

"진짜냐. 너무 자유롭잖아."

쟁반을 테이블 위에 놓고 바닥에 앉아 기분 좋게 잠든 세이라의 얼굴을 바라봤다.

이목구비가 또렷하지만, 어딘가 앳된 모습도 남아 사랑스러운 얼굴을 바라보니 덩달아 졸렸다.

"후아암……. 어제, 전혀 자지 못했으니까."

그 손을 뻗어서 세이라의 머리를 살며시 매만졌다.

그리고 뺨을 건드리자, 미약한 체온이 전해졌다.

세이라의 잠든 얼굴을 바라보기만 해도 가슴속이 채워지는 듯했다. 이렇게 피부를 만지기만 해도 어찌할 수 없을 만큼 사랑스러워졌다.

무방비한 모습은 신뢰의 표현이기도 하다. 그 순진무구한 마음을 배신하고 싶지 않다.

그래서 지금은 성욕이 아니라 수면욕이라는 생리적 욕구가 밀려오는 것에 감사하면서, 몸을 맡기려고 했다.

"시라세는 내 마음도, 모르고……."

야마토는 가라앉는 의식에 저항하지 못한 채, 그대로 두 눈을 감았다.

"으응……."

눈을 뜨자, 창문에서 저녁 해가 저물어가는 게 보였다.

모르는 사이 방의 조명은 꺼져 있고, 실내가 아련한 오렌지색에 감싸이고 있었다.

"——헉!"

그때, 겨우 의식이 각성했다.

세이라와 공부 모임을 하던 도중이었다는 게 떠오른 거다.

그러나 눈앞의 침대에는 아무도 없었다.

대신 야마토의 등에는 담요가 걸쳐져 있다.

"…………."

꿀꺽. 세이라가 누워있던 흔적이 남은 침대를 바라보던 야마토는 침을 삼켰다.

그리고 혹시 몰라 주변을 살피고 힘차게 침대에 다이빙했다.

"오오, 이건……."

달콤한 잔향이 나서, 뭐라 말 못 할 배덕감을 맛보게 되었다.

이건 틀림없이 야마토가 아는 세이라의 냄새다. 과일이나 꽃 같은 달콤한 냄새가 사춘기 남자의 여러 감정을 자극해서 정말 견딜 수 없이 몸부림을 치게 만든다.

단적으로 말해서, 야마토는 흥분하고 있었다.

"이건, 굉장——."

——찰칵. 그때, 주저 없이 문이 열렸다. ……그리고 닫혔다.

한순간이었지만, 들어오려던 게 세이라라는 건 확인했다.

그랬기에, 야마토는 얼굴에서 핏기가 싹 가셨다.

(끝났다…….)

야마토가 절망하면서도 몸을 일으켜 문을 열자, 방 앞에는 세이라가 서 있었다.

"끝났어?"

매도하지도 않고 덤덤히 물었다. 게다가 여느 때처럼 무슨 생각인지 읽을 수 없는 포커페이스 그대로다.

야마토는 무심코 머리를 감싸 쥐면서 살짝 한숨을 쉬었다.

"그 질문에는 문제가 있지만, 일단 넘어가 준다고 이해해도 되겠어?"

"뭐, 야마토도 남자니까."

"배려심! 처음 질문도 그랬지만!"

그러자 세이라가 울컥했다.

"야마토는 지금 나를 비판할 입장이 아닌 것 같은데."

"그, 그건, 말씀이 맞습니다……. 정말로 죄송합니다."

"알면 됐어. 저녁밥이 다 됐으니까 이 이야기는 이만 끝내자."

"네……."

아무래도 세이라가 가진 수수께끼의 관용 덕분에 야마토가 사회적으로 사라질 필요는 없어진 모양이다.

일단 야마토가 안도하는 사이, 거실에는 어머니 요코가 자리에 앉아 있었다.

"아, 불러준 거구나."

"네."

세 사람이 자리에 앉자, 요코가 싱글벙글 웃으며 세이라에게 물었다.

"그래서, 역시 하고 있었니?"

"저기요! 배려심!"

급하게 태클을 건 야마토를 제쳐놓은 채, 세이라가 덤덤히 대답했다.

"뭐, 끝난 일이라서요."

"틀리지는 않았지만, 적절하지도 않네……."

황당함과 낙담이 섞인 야마토를 본 요코가 만족스럽게 웃었다.

"우리 아들이 남들처럼 청춘을 보내고 있다는 걸 알게 되어서 엄마는 대만족이에요."

"후후, 그럼 다행이네요."

"식사 전이니까 두 사람 다 자중해 줘."

""네~에.""

그렇게 셋이서 저녁밥을 먹기 시작했다. 메뉴는 오므라이스에 감자샐러드, 그리고 콩소메 수프였다. 모두 맛있어 보였다.

바로 오므라이스를 한 입 먹은 야마토가 평소와 다른 맛에 놀랐다.

"어라? 이 오므라이스에 뭔가 넣었어?"

"아~ 그건 내가 만들었거든. 뭔가 선반에 있던 향신료를 이것저것 써 봤어."

"그런 대담한……. 그보다, 시라세도 만들었어?"

"응. 요리 같은 건 별로 해본 적이 없었는데, 어머님이 가르쳐 주셔서."

"흐응, 그렇구나――. 아니, 어머님?"

모처럼 세이라가 직접 요리를 만들어 줬으니까 음미하고 싶었지만, 그 호칭에는 태클을 걸지 않을 수 없었다. 참고로 맛은 신기하고 독특한 부분이 있었다.

야마토의 질문을 받은 세이라는 어리둥절하며 답했다.

"뭔가, 이번에는 그렇게 불러 달라고 해서."
"아니, '어머님' 은 좀……. 엄마한테 그런 욕구가 있었냐고."
"이런 미소녀는 좀처럼 볼 수 없어서, 탐구심을 자극했거든."
미안한 기색도 없이 말하는 어머님 요코에게 야마토가 게슴츠레한 시선을 보냈다.
"그렇더라도, 아들 친구한테 요구할 호칭이 아니잖아……."
"그래도, 걸프렌드라면 괜찮을 것 같아서."
"그러니까, 저기, 우리는……."
거기서 야마토는 말문이 막힌 채 세이라를 힐끔 바라봤다.
"걸프렌드."
시선을 알아챈 세이라가 V자를 그리면서 그렇게 말하자, 야마토의 얼굴이 확 빨개졌다.
"뭐, 뭐어, 번역하면 여사친이라는 의미이기는 하겠지만."
"아침에 말한 것하고 다르네~."
"엄마는 정말이지, 그 가벼운 말을 좀 자중해 줘."
"조심하겠습니다~아."
그런 어머니와 아들의 대화를 본 세이라는 즐겁게 웃었다.
그것이 기뻤던 야마토는 자연스레 미소를 지었다.

식후에 디저트인 푸딩을 먹고 나서, 세이라는 집으로 돌아가게 되었다.
돌아가는 길에는 택시를 불렀는지, 현관에서 배웅하게 되었다. 참고로 요코는 두 사람을 배려해서 조금 전 거실에서 작별 인사를 나눴다.

그래서 야마토는 아쉬움을 느끼면서도 세이라와 마주 봤다.

“오늘은 집에 초대해 줘서 고마워. 요우와 이야기한 것도 즐거웠고, 야마토가 사는 곳을 볼 수 있어서 기뻤어.”

“나야말로 고마워. 시험공부도 그렇지만, 이래저래 숨통이 트이기도 한 것 같아.”

“그렇다면 다행이네. ——저기, 또 와도 될까?”

“그럼, 물론이지! 다음에는, 저기, 시험공부 같은 게 아니라, 그냥 놀러 오더라도 괜찮달까.”

“후후. 그렇게 할게. 그럼.”

세이라는 그렇게 말하며 문고리에 손을 잡은 채 멈췄다.

“시라세? 무슨 일 있어?”

“아니. 야마토는 내 소원을 계속 이루어 주는구나~ 싶어서.”

“뭐, 집에 부르는 데는 반년 가까이 걸렸지만.”

“그래도, 확실히 이뤄줬어. 역시 야마토는 굉장해.”

“아니, 그런 말을 하면 시라세도…….”

거기서 세이라는 슬쩍 미소 지으며 말을 이었다.

“정말로 고마워. 그럼, 바이바이.”

그렇게 말하고는 이번에야말로 돌아간 세이라의 등은, 어째서인지 쓸쓸해 보여서.

시라세의 진짜 소원은 이뤄주지 못한 것 같아서, 야마토는 안타까운 마음이 들었다.

세이라가 떠난 뒤, 거실로 돌아가자 요코가 캔맥주를 마시고 있었다.

이미 취기가 돌았는지, 얼굴이 새빨갛다.

이건 상대하지 않는 게 좋겠다고 판단한 야마토는 곧바로 자기 방으로 후퇴하려 했지만.

"이야아~ 그나저나 착한 아이였네에."

아직 아슬아슬하게 혀가 꼬이지 않은 상태의 요코가 말을 걸어왔다.

"시라세 말이야? 엄마도 무척 마음에 든 모양이네."

"처음에는 말이지, 이런 귀여운 애가 오다니 혹시 속고 있는 게 아닐까~ 싶었는데, 전혀 아니더라. 엄마, 미안한 일을 해버렸어어."

"됐으니까 잘 거면 침대에서 자. 내일도 일찍 나가야 하잖아."

"휴일 출근, 반대~!"

"나 참……. TV 끌게."

오랜 세월의 감으로 이미 잠들 전조라고 판단한 야마토가 TV를 끄고 그 손에서 캔맥주를 빼앗자, 요코는 크게 한숨을 쉬었다.

"세이라. 엄마가 싫었던 걸까아. 뭔가 사과도 받았는데."

"어?"

들은 직후에는 동요했지만, 곧바로 이유를 깨달았다.

세이라는 자기 아버지가 야마토의 가족을 조사했던 것을 지금도 미안하게 여기고 있을 거다. 그래서 사과하려 했던 거다.

사정을 짐작한 야마토는 뒤통수를 긁적이며 말했다.

"안심해도 돼. 시라세는 엄마가 마음에 들었을 거고, 이야기해 보니 즐거웠다고 했어. 게다가 분명, 또 올 테니까."

"와~. 그건 그것대로 엉큼하네~."

"주정뱅이가……."

새근새근 숨소리를 내기 시작한 요코를 보다 못한 야마토는 그 몸을 끌어안았다. 상당한 중량이라 인상을 찌푸리면서도 침실까지 옮겨서 침대에 재우고는 일단 세면소로 향했다.

그로부터 취침 준비를 이것저것 끝내고 자기 방으로 간다.

"자, 그럼. 조금 이르지만 잘까."

야마토는 굳이 혼잣말하며 드디어 침대와 마주했다.

조명을 끄고 나서 힘차게 다이빙하자, 역시 잔향이 있었다.

(이건, 잠이 안 올 것 같아…….)

그대로 한동안 끙끙대면서 천장을 바라보자, 문득 생각나는 게 있었다.

"소원, 이라."

그 후에는, 어느새 잠들고 말았다.

5화 유원지와 고백 대작전

한 주가 지나자, 순식간에 중간고사 당일이 다가왔다.

문화제 무드도 완전히 진정되었고, 학생들의 기분은 강제로 공부 쪽으로 쏠렸다.

중간고사 일수는 1학기와 마찬가지로 4일.

첫날 아침부터 교실 안은 찌릿찌릿한 분위기가 되었고, 직전에 벼락치기에 힘쓰는 사람이나 자지 않았다는 자랑이나 공부하지 않은 걸 자랑하는 사람이 나타나는 등 시험 전 특유의 상황이 나타나고 있었다.

그 와중에 특별히 더 이질적인 오라를 발하는 사람이 있었다. 눈 아래에 다크서클이 생겼고, 그럼에도 찌릿찌릿한 집념이 느껴지는 남학생── 야마토다.

"이, 이봐. 쿠라키? 괜찮은 거야?"

에이타가 걱정스레 말을 걸자, 야마토는 자신감 넘치는 미소를 지었다.

"응, 상태는 완벽해. 이거라면 할 수 있어."

"오, 오. 그러냐. 너무 무리하지는 말라고."

"그리고 신죠. 시험 마지막 날은 잠시 시간 좀 내줄래? 하고 싶은 말이 있어. 타마키 양에게도 같은 내용을 전해주면 고맙겠어."

"알았어. 전해둘게."

야마토는 에이타의 대답을 듣자마자 단어장을 꺼내서 익숙한 손짓으로 넘겼다.

그런 야마토를, 에이타 말고도 세이라가 지켜보고 있었다.

그래도 세이라는 말을 걸지는 않았고, 손으로 턱을 괴고 창밖으로 시선을 옮겼다.

시험 기간은 평소 시간 분배와는 다른 타임 스케줄로 진행된다. 오전 중에는 시험지를 보고, 정오가 지나면 방과 후를 맞이한다——. 그런 특수한 상황이 4일이나 이어졌고.

드디어 마지막 날이 되었을 무렵, 대다수 학생의 얼굴에는 피로한 기색이 드러나 있었다.

그러나 야마토는 달랐다. 여전히 이글거리는 오라를 두른 채 한결같이 시험지를 보고 보고 있었다. 그 맹렬한 모습을 지켜보는 사람을 불안하게 할 정도라서, 그로부터 에이타에게 몇 번이고 걱정하는 말을 들었을 정도다.

그렇게 시험 마지막 과목이 끝나고.

차임벨이 울리자, 교실 분위기는 단번에 풀어졌다.

그대로 정오에는 종례에 들어섰고, 담임의 짧은 설명과 함께 방과 후를 맞이해서——.

벌떡. 야마토가 누구보다도 빠르게 힘차게 일어서자, 교실에 정숙이 찾아왔다.

그러나 이것도 에이타가 이어서 자리에서 일어나자 곧바로 원래의 시끌벅적함을 되찾았다.

그대로 야마토가 메이에게 가자, 에이타도 따라가서 모였다.

"신죠, 타마키 양, 시험이 끝난 직후에 시간을 내서 미안해."

"아니, 딱히 상관없어. 그나저나 아직 얼굴이 험악한데, 괜찮냐?"

"이제 시험은 끝났으니까, 긴장은 풀어도 될 것 같아."

두 사람이 걱정스럽게 말했지만, 야마토의 표정에서 긴장감은 빠지지 않았다. 그도 그럴 것이.

"——그 일 말인데, 장소가 정해졌어. 너희 두 사람에게는 그 이야기를 하고 싶어서."

그 일—— 그것은 야마토의 고백에 관한 것이다. 최근 야마토가 신경을 곤두세우던 원인을 납득한 에이타와 메이는 얼굴을 마주 보더니 일단 복도로 야마토를 데려갔다.

"그거라면 물론 상담을 들어줄 수 있지. 그래도 뭐, 어깨의 힘은 빼는 게 좋겠지만."

"응응. 그러는 편이 더 잘될 거야. 일단 심호흡하자."

"그래……. 그래야지."

메이의 말대로 야마토가 심호흡하자, 몸에서 긴장이 많이 빠졌다.

"이러면 될까?"

"네! 참 잘했어요."

메이가 머리까지 쓰다듬자, 야마토는 조금 쑥스러워졌다.

"나, 그렇게 힘을 주고 있는 것처럼 보였나?"

"뭐, 그렇지?"

"힘을 주고 있다기보다는, 발정한 느낌이—— 아얏?!"

메이가 등짝을 때리자, 에이타가 인상을 찌푸리며 보충했다.

"뭐, 뭐어, 남자의 처음은 그런 법이지. 그 상태라면 시험도 미묘한 느낌인가."

"아니, 시험공부는 오히려 집중해서 했어. 시험은 좋은 결과를 내는 것 좋은 인상을 줄 수 있을 것 같아서. 이거라면 등수도 내 역대급을 깰 수 있을지도 몰라."

"진짜냐. 쿠라키가 보이는 사랑의 힘, 굉장한데."

"뭔가 이런 거 멋있네."

"뭐, 그렇지."

"태클의 예리함이 없어진 것 같지만……."

야마토는 어이없어하는 에이타는 아랑곳하지 않은 채, 곧바로 자세한 이야기를 시작했다.

"우선 장소인데, 도쿄와 카나가와현 경계에 있는 대형 유원지로 하려고 생각하고 있어. 날짜는 마침 내일부터 주말에 들어서니까, 내일이나 모레, 시라세의 예정이 맞을 때로 할 생각이야."

그 설명을 듣자, 에이타와 메이가 멍해졌다.

뭔가 이상한 소리를 한 건가 싶어져서, 야마토에게 불안감이 쌓였다.

"뭔가 문제라도 있는 거야? 역시 유원지는 정석이니까 너무

과도하게 노린 건가…….”

거기서 메이가 홱 다가와서 야마토의 양손을 잡았다.

“문제 같은 건 없어! 굉장히 좋은 것 같아! 나는 대찬성!”

“그래, 나도 이의는 없어. 오히려 너무 멀쩡해서 맥이 빠질 정도라고.”

“그, 그런가. 그렇다면 다행이네.”

두 사람이 호평하자, 야마토는 안도했다. 장소를 유원지로 정한 건 세이라에게 유원지가 인상 깊은 곳이며, 5월에 세이라가 가고 싶다고 했던 곳이기도 했기 때문이다.

게다가 데이트의 정석이기도 하다. 그 플랜도 이미 고찰했다.

“그나저나, 우리에게 의리 있게 확인을 받으러 온 게 참 너답네. 그만큼 정해놨다면 전혀 문제없다고.”

“그러게~. 나는 의지해 주는 것 같아서 기쁘지만.”

“아니, 실은 그것 말인데…….”

웅얼거리는 야마토를 앞둔 에이타와 메이는 의아한 듯 고개를 갸웃했다.

“왜 그래?”

“무슨 일 있으면 말해줘. 사양하지 않아도 돼.”

그 말이 등을 밀어줬는지, 야마토는 큰맘 먹고 입을 열었다.

“실은, 이날은 너희 두 사람도 와줬으면 해서 말이야.”

부탁 내용을 파악한 에이타와 메이는 맥 빠진 기색으로 고개를 끄덕였다.

“나는 전혀 상관없어.”

"나도, 딱히 예정은 없으니까."

"정말이야! 고마워. 뭔가 묘하게 긴장했어……."

야마토는 진심으로 안도했다. 그 모습을 본 메이가 고개를 갸웃했다.

"어째서? 오히려 나는 가고 싶다고 생각할 정도였는데."

"그, 그건, 저기, 완전히 내 사정이고, 쉬는 날에 굳이 예정을 비워달라고 하는 건 미안하달까……. 게다가 유원지는 돈도 들잖아. 나는 친구에게 이런 걸 부탁한 경험이 별로 없어서."

거기까지 듣고 납득이 간 메이는 쑥스러워하며 미소 지었다.

"에헤헤. 그런 거였구나~. 기쁘네, 쿠라키 군이 진짜로 친구라고 생각해 주다니."

"아니~ 그래도 성녀님은 팍팍 놀러 가자고 하잖냐."

"그, 그것과 이건 이야기가 다르다고나 할까……."

"달라도 괜찮아! 정말이지, 신쵸 군은 심술궂네에."

"예이예이. 죄송합니다."

에이타도 쑥스러운 듯 말하고는 마음을 다잡으려는 듯 헛기침했다.

"그래서, 즉 우리는 위장 요원이라는 거지? 고백할 게 뻔히 보이는 데이트 플랜을 들키지 않게 하는."

"어? 너희를 부르는 건 단순히 나와 시라세가 단둘이 있는 게 거북해서 그렇달까…… 고백 당일이라고 의식하다가는 버틸 수가 없을 것 같아서."

"아~ 그쪽인가."

겁쟁이 같은 이유에 어이없어하면서도 납득한 에이타에게 야마토가 보충하듯 말했다.

"그래도 물론, 그때가 오면 제대로 전할 거야. 시추에이션도 확실하게 정해놨으니까, 두 사람에게는 메시지를 보내둘게."

"그, 그래."

"알았어."

"그리고 아까 메시지를 보내서 시라세에게는 교실에서 기다려 달라고 했어. 지금부터 말하러 가려고 하는데……."

즉, 같이 가달라고 하는 거다. 에이타와 메이는 짐작한 듯 고개를 끄덕였다.

그렇게 셋이서 교실로 돌아가 지루한 듯 창밖을 바라보던 세이라에게 향했다.

이미 다른 학생은 남아있지 않았고, 야마토는 세이라의 자리에 도착하자마자 결의를 다지고 입을 열었다.

"이, 있잖아. 내일이나 모레, 예정을 비워주면 좋겠어!"

"응? 뭔가 있어?"

"아니, 그게…… 문화제 뒤풀이 모임을 하려고 한달까."

"뒤풀이는 하지 않았던가?"

"그게……."

고백을 의식해서 그런지, 긴장한 나머지 말이 막혀버린 야마토를 보다 못한 에이타가 앞으로 나왔다.

"아니, 그게 말이지. 문화제&시험 뒤풀이를 하자는 이야기가 나왔거든. 문화제 후에는 바로 중간고사가 있었으니까, 뭔~가 아직 발산이 안 된 느낌이 들었단 말이지."

끄덕끄덕, 메이도 옆에서 동조하듯 고개를 흔들었다.

"흐~응. 잠깐 기다려."

세이라는 스마트폰을 꺼내서 스케줄을 확인하기 시작했다.

그로부터 어딘가로 빠르게 메시지를 보내고 나서, 곧바로 고개를 들었다.

"응. 좋아. 내일이라면."

그 순간, 야마토는 시야가 확 트이는 기분이 들었다.

세이라도 창문에서 들어오는 정오의 햇살을 받으면서 슬쩍 미소 지었다.

"그래도 별일이네. 야마토, 굉장히 긴장하고 있어."

"뭐, 뭐어, 그렇지."

그 뒤에서 에이타와 메이가 손을 짝 마주치는 가운데, 야마토가 천천히 말을 이었다.

"시라세에게, 확실히 전하고 싶은 말이 있으니까."

""어?""

뒤에서 마구 소란을 부리던 에이타와 메이가 그 말을 듣자 깜짝 놀라서 굳어졌다.

반면, 세이라는 더 진한 미소를 지으며 말했다.

"우연이네. 나도 야마토에게 말하고 싶은 게 있어."

""뭐어?!""

에이타와 메이는 얼빠진 소리를 내며 시선을 이리저리 돌렸다.

세이라의 말에는 야마토도 놀라서 머릿속이 한순간 멈췄다.

그러나 야마토는 곧장 마음을 다잡으며 물었다.
"그건, 지금은 아직 말할 수 없는 거야?"
"응. 조금 말하기 힘들지도. 그러니까 내일 할게."
"그래. 알았어."
내심 야마토도 동요했고, 솔직히 어딘가에서 만에 하나를 기대하는 자신도 있었다.
그러나 이제 물러나고 싶어도 물러날 수 없는 상황이 된 것도 사실이기에, 들뜬 마음과 긴장감이 반반이 되어 야마토의 마음 속에서 충돌하고 있었다.
"그래서, 어디로 갈 거야?"
"저기, 유원지에 가려고 해."
"흐~응. 유원지라. 기대되네."
방긋 웃는 세이라를 본 야마토의 마음이 크게 뛰어올랐다.
"그러니까 내일은 오전에 역 앞에서 집합이야. 멤버는 신쇼와 타마키 양이 올 예정이고."
"아~ 뒤풀이 모임이니까. 알았어."
기분 탓인지, 세이라는 조금 유감스러워 보였다.
그렇지만 이제 와서 야마토에게 플랜을 바꾸는 선택지는 없다. 이건 내일의 뒤풀이 모임——이라는 이름의 데이트에서 만회하기로 했다.
"그럼, 나는 슬슬 갈게."
"그래. 내일 보자."
"응. 바이바이."

인사를 나눈 뒤, 세이라는 교실을 나갔다.

후우, 하고 긴장이 풀려서 앉아버린 야마토에게 에이타가 어깨에 손을 올렸다.

"뭐, 내일은 힘내라고."

"그래, 잘 부탁할게."

야마토는 다가올 내일을 대비하여 기합을 넣기 위해 힘차게 일어섰다.

◇

유원지 데이트 당일을 맞이했다.

최근에는 계속 수면 부족이었기 때문에, 야마토가 일어난 건 10시 반이 넘어서였고——.

"——아니, 늦잠 잤잖아!"

집합은 역 앞에서 11시. 지금부터 서둘러서 준비하면 아슬아슬하게 갈 수는 있다.

세수하고 이를 닦고, 사전에 정한 사복으로 갈아입고 왁스로 머리를 재빠르게 다듬었다……. 그런 몸단장이 끝나자마자 야마토는 서둘러 집을 나섰다.

오늘 날씨는 예보에서는 맑은 뒤 구름이었는데, 이미 구름이 퍼지고 있는 것이 불길하게 느껴졌다. 만약을 위해 가방에는 접이식 우산을 넣어왔다.

참고로 사전 준비를 위한 인터넷 조사와 이미지 트레이닝은 빠짐없이 했다. 이후에는 예상대로의 시추에이션을 만들고, 실전에서 마음을 제대로 전하기만 하면 된다.

(저녁놀이 질 때 관람차에서, 나는 시라세에게 고백하겠어.)

야마토가 그렇게 의욕을 내는 것처럼, 상정한 시추에이션은 저녁놀이 질 때의 관람차 안이다. 사전에 에이타나 메이에게도 확인 도장을 받은 시추에이션이다.

그걸 위해 오늘은 세이라가 한껏 즐겨줬으면 했다.

그렇건만, 초장부터 지각 직전.

전력 질주한 탓에 세팅한 머리는 엉망진창. 덤으로 11월도 가깝다고 파카 위에 재킷을 입은 게 화근이 되어서, 지금은 더워서 땀에 젖었다.

그러나 후회하거나 뒷일을 생각할 여유는 없다.

계속 뛰어서 11시가 되기 직전에 겨우 역에 도착했다.

그곳에서 맨 먼저 눈에 들어온 건, 사복 차림의 세이라였다.

검은색 터틀 니트에 체크무늬 점퍼스커트를 맞춘 가을다운 코디는 굉장히 세련되고 귀여웠다.

그런 세이라는 눈이 마주치자마자 손을 하늘하늘 흔들었다.

두근. 그 순간 고동이 크게 울렸다.

오늘, 세이라에게 고백한다――.

그걸 의식한 야마토는 움츠러들 것 같은 마음을 구석으로 내쫓았다.

"미안해. 늦었어?"

"야호. 몇 분은 오차지."

"고마워. 그렇게 말해주니 살 것 같아."

그제야 주변에 에이타와 메이, 그리고 또 한 명이 있다는 걸 알아챘고——.

"——아니, 어째서 코사카 양까지?!"

놀랍게도, 어째서인지 츠바키까지 있었다. 오렌지 컬러 니트에 데님 스키니 팬츠를 합친 코디가 굉장히 잘 어울렸다.

"안녕하세요. 야마토 선배. 문화제 이후 오랜만이네요."

그렇게 인사한 츠바키는, 거북한 건지 웃음이 어색했다.

이유를 찾고자 에이타나 메이 쪽을 보자, 두 사람은 모두 고개를 좌우로 흔들었다.

그렇다면 세이라가 불렀다는 뜻이다.

야마토가 시선을 돌리자, 세이라가 미안해하는 기색도 없이 말했다.

"아~ 뒤풀이 모임이라면 츠바키도 부르는 게 좋을 것 같아서. 츠바키의 고등학교도 중간고사가 끝난 참이었던 모양이거든."

"아니, 그건 상관없지만, 적어도 사후 보고는 해줘야지."

"그건 서프라이즈라고나 할까. 깜짝 놀랐지?"

"그야 깜짝 놀랐지만! ……나 참, 시라세는 변함이 없네."

머리를 감싼 야마토의 곁으로 메이와 에이타가 다가왔다.

메이는 황매화빛 블라우스에 체크무늬 스커트를 맞춰 입고 와서 귀여우면서도 기품이 느껴졌다. 에이타는 청점퍼에 검은색 바지를 맞춘 러프한 차림새다.

"힘내, 쿠라키 군. 커버는 이쪽에 맡겨."

“그런 의미에서도 오늘은 우리가 온 게 정답이었네.”

“두 사람 다 고마워. 하지만 커버라니?”

“아무것도 아니야.”

“쿠라키는 신경 쓸 것 없어.”

그 의미심장한 말이 조금 걸렸지만, 야마토는 들은 대로 신경 쓰지 않기로 했다.

“이제 가볼까.”

“““““예이~!”””””

그로부터 전철을 타고 30분 정도 지나자, 목적지인 유원지에서 가장 가까운 역에 도착했다.

여기서 출발하는 버스를 타고 다시 5분 정도 지나자 유원지 현관에 당도했다.

각자 입장권을 구입하고 나서, 드디어 입장——.

그곳에는 다양한 놀이 기구가 가동하는, 그야말로 대형 유원지의 광경이 펼쳐져 있었다.

휴일 낮이기도 해서 유원지 안은 가족 일행이나 커플에 학생 단체 등등 많은 손님들로 혼잡한 모양이었다.

어느 어트랙션도 한 시간 정도의 대기 시간이 표시되어 있었지만, 이건 야마토도 예상한 일이었다. 미리 인터넷에서 인기 어트랙션의 우선 탑승권을 예약……했지만.

(큰일인데, 우선 탑승권이 네 장밖에 없어……!)

설마 츠바키가 올 줄은 몰랐기에, 당연하게도 예약한 건 4인분 티켓이었다.

즉, 우선 탑승권이 한 장 부족한 거다.

모처럼 식은땀이 다시 나오려고 하는데, 사태를 짐작한 에이타가 어깨동무를 해왔다.

"안심하라고. 내가 제물이 되어줄게."

"신쵸……."

"혼자서 도는 유원지도 나름 괜찮단 말이지. 그래도 이건 나중에 꼭 보답하라고."

말은 그렇게 하고 있지만, 에이타의 얼굴은 떨리고 있었다. 아무래도 일행들이 편하게 즐길 수 있도록, 에이타는 우선 탑승권을 쓰지 않고 혼자서 놀이기구를 돌 생각인 모양이다.

"정말 미안해. 나중에 꼭 보답할게."

"그래! 성공을 기원할게!"

에이타는 야마토의 등을 밀어주면서 다른 일행들에게 "미안해. 잠깐 급한 볼일이 생겨서, 나는 이쯤에서 따로 행동해야겠어~. 내키면 또 합류하자고."라고 말하고는 어딘가로 떠나갔다.

그런 에이타의 모습을 바라본 츠바키는 거북해 보였다.

"신쵸 씨. 무슨 일이 있었던 걸까요? 혹시 제가 있어서 기분이 상하신 게 아닐까요?"

"아, 아니, 그런 건 아니라고 생각하는데."

"츠바키가 관련이 있다는 건, 내 탓이라는 거네. 나중에 사과해야겠어."

"아하하……."

그다지 빛나가지는 않은 세이라의 배려를 본 야마토는 쓴웃음을 지을 수밖에 없었다.

거기서 어렴풋이 사정을 짐작한 듯한 메이가 표정을 다잡으며 말했다.

"좋아! 모처럼 온 유원지니까 전력으로 즐기자!"

메이가 그렇게 말하자, 세이라와 츠바키도 어떻게든 마음을 다잡은 모양이었다.

그렇게 잠시 소동이 있었지만, 유원지를 만끽하게 되었다.

우선 바로 가장 인기가 많은 롤러코스터에 타게 되었다. 나무가 우거진 자연 풍부한 장거리 코스를 활주한다고 한다.

"저, 저는, 이런 건 처음인데……."

우선 탑승권 이용자 줄에 서 있는 도중, 츠바키가 부들부들 떨면서 약한 소리를 꺼냈다.

그러자 세이라가 마치 달래주려는 듯이 츠바키의 머리를 쓰다듬었다.

"괜찮아. 떨어질 때는 다 함께니까."

"네?! 떨어진다뇨……?"

세이라가 무척이나 엉뚱한 말을 한 탓에, 무서워하는 츠바키는 세이라에게 딱 달라붙었다.

그래서 야마토는 세이라 옆에 앉는 걸 포기했지만, 막상 타는 순서가 돌아오자 츠바키가 "메이, 옆에 앉아 주세요!"라고 말하며 어째서인지 메이를 옆에 앉혔다.

그 덕분에 야마토 옆에는 세이라가 앉았다. 예상과는 달리 세이라 옆에 앉게 되어서인지 완전히 긴장했다.
막상 옆에 딱 앉자, 도저히 얼굴을 직시할 수가 없었다.
(이래서야 오늘 제대로 고백할 수 있으려나……?)
그렇게 나약해진 야마토가 자기 무릎 위에서 떨리는 주먹을 바라보고 있는데…….
"어라? 혹시 야마토도 자극적인 놀이 기구가 거북해?"
"아니, 나는── 흐엣?!"
그때, 야마토는 얼빠진 소리를 내고 말았다. 그건 세이라가 손을 잡았기 때문이다.
"이러면 조금은 편해지겠지?"
"하, 하하, 하하하……."
"야마토?"
"으, 응. 적어도 롤러코스터를 신경 쓸 상황은 아니겠네."
"그래? 그러면 다행이네."
세이라는 야마토의 마음을 진정시킬 목적으로 손을 잡은 모양이지만, 실제로는 진정은커녕 심박수가 터무니없게 올라가 버렸다.
그리고 롤러코스터가 움직였다. 슬금슬금 애태우듯이 경사면 코스를 올라갔고, 야마토 일행 뒤에 앉은 츠바키와 메이가 비명과도 같은 소리를 질렀다.
그동안 야마토는 어땠느냐면, 자신의 손 땀이 굉장해진 걸 신경 쓰고 있었고…….
"오~ 아직도 올라가는구나."

옆에 앉은 세이라는 무서워하는 기색조차 보이지 않고 태평하게 말했다.

최고 도달점에 도착하자, 그제야 야마토도 롤러코스터에 탄 걸 의식하기 시작했고—— 그 순간, 롤러코스터가 급강하했다!

"""와아악——?!"""

롤러코스터는 하강 코스를 떨어지면서 활주했고, 야마토 일행 세 사람은 아무튼 절규했다.

"아하하하!"

그런 때도 즐겁게 웃음소리를 내는 세이라를 본 야마토의 시선이 못 박혔다.

그러자, 그걸 알아챈 세이라가 미소를 보였다.

그렇게 롤러코스터는 야마토에 있어서는 순식간에 종착점에 도달했다.

"음~ 즐거웠네. 또 타고 싶어."

"뭐, 뭐어, 익숙해지니 턴하는 것과 큰 차이는 없었네요."

안색이 나쁜 츠바키는 여유로워 보이는 세이라에게 대항하듯이 허세를 부렸다.

"으으, 속이 울렁거려……."

메이는 비틀비틀 휘청거리고 있었기에, 걱정된 야마토가 어깨를 부축해 줬다.

"괜찮아? 잠시 어딘가에서 쉬는 게 좋을지도 모르겠네."

"앗, 쿠라키 군……. 미안해. 그렇게 해주면 좋겠어."

"저쪽 벤치가 비었으니까, 다른 일행하고 앉아 있어."

"응. 고마워."

여자들을 벤치에 앉힌 야마토는 마실 것을 사러 푸드 코트까지 달려갔다.

그로부터 야마토가 양손에 세 개의 음료(오렌지 주스가 든 플라스틱 용기)를 들고 돌아오자, 여자들이 앉은 벤치 앞에는 명백하게 헌팅 목적인 남자들이 모여 있었다.

"저기, 일행이라서요."

야마토가 주저하지 않고 말을 걸자, 대학생으로 보이는 남자들이 일제히 시선을 돌렸다.

그러나 야마토는 아랑곳하지 않고 손에 든 음료를 세 사람에게 나눠줬다.

"흐응. 남자가 너 한 명이라면, 우리도 끼워주지 않을래?"

남자 중 한 명이 헤실거리는 태도로 말하면서 야마토와 어깨동무를 하려고 했다.

그러나, 야마토는 그 손을 뿌리치면서 노려봤다.

"몸이 안 좋은 아이도 있으니까, 다른 곳으로 가 주실래요? 아니면 직원을 부를까요?"

야마토가 의연한 태도로 말하자, 남자들은 혀를 차면서 떠나갔다.

"후우, 괜찮아? ——아니, 그 표정은 뭐야?"

야마토가 한숨을 돌리는 사이, 세 사람은 눈을 동그랗게 뜬 채로 응시하고 있었다.

메이는 빨대를 쪽쪽 빨면서 눈을 깜빡이며 말했다.

"쿠라키 군, 이럴 때는 믿음직하네. 굉장히 멋있었어."

"어? 아니, 타마키 양은 몸이 안 좋아 보였으니까, 필사적이었을 뿐이랄까……."

"저도 솔직히 의외였어요. 롤러코스터가 태연했던 것도 포함해서, 새삼…… 어흠, 존경하게 되었달까요."

츠바키까지 솔직하게 칭찬하자, 야마토는 허둥대고 말았다.

조금 전에는 메이의 몸을 신경 쓰고 있었기에 겁먹을 여유도 없었던 거다. 그렇지만 세이라와 함께 보내는 와중에 그런 상황에 익숙해진 것도 사실이다.

"역시 야마토네. 얌전히 기다리고 있어서 다행이야."

마무리로 세이라가 웃으며 말하자, 야마토는 얼굴을 붉히면서 등을 돌릴 수밖에 없었다.

"어라? 쿠라키 군. 마실 건?"

알아챈 메이가 묻자, 야마토는 떠오른 듯 말했다.

"아, 내 걸 시키는 걸 잊어버렸어. 딱히 목이 마르지도 않으니까, 신경 쓰지 않아도 돼."

"그럼 내 걸 줄게." "그렇다면 제 걸 드세요."

거기서 동시에 제안한 세이라와 츠바키가 서로 얼굴을 보며 침묵했다.

생각지 못한 사태가 발생하자, 야마토는 도움을 요청할 생각으로 메이를 바라봤지만…….

"그럼 나도!"

아무래도 재촉하고 있다고 착각했는지, 메이까지 자기가 마실 것을 내밀었다.

"아니아니아니, 그럼 내 걸 사 올 테니까!"

"됐으니까 마셔."

그렇게 말한 세이라가 야마토의 입에 빨대를 들이댔다. 당당하게 간접 키스를 해버리자, 츠바키도 "드세요!"라며 얼굴을 붉히며 빨대를 들이댔다.

(잠깐, 두 개 동시는 아무래도 좀……!)

"에잇!"

그러자 메이까지 빨대를 내밀어서——

"콜록, 콜록……. 아무리 그래도 세 개 동시는 무리라니까."

사레가 들린 야마토를 본 세 사람 모두 사과하면서 빨대를 뺐다. 그 후, 세이라는 개의치 않고 빨대를 입에 댔지만, 다른 두 사람은 우물쭈물하면서 입을 댔다.

평소의 야마토였다면 이런 사태가 일어나면 한동안 끙끙댔겠지만, 오늘만큼은 달랐다.

세이라에게 고백한다는—— 이른바 인생의 중대사에 도전하는 날이었기에, 이렇듯 예상하지 못한 상황에 몰리게 되자 기분은 고양되어 버렸다.

덧붙여 말하자면, 뜻밖에도 츠바키가 오기도 하고, 처음 놀이기구 직후에 휴식한 시점에서 사전에 세운 플랜은 완전히 무너졌지만, 오늘의 야마토는 그 정도로 당황하지 않는다.

그렇기에 야마토의 마음은 곧장 다음 행동으로 들어섰다.

다음은 키 포인트가 되는 놀이 기구, 회전목마로——.

"——나, 안 탈래."

그러나 회전목마에 도착하자마자 세이라가 흥미 없다는 듯 말했다.

"응? 어째서?"

야마토가 놀라자, 세이라가 고개를 홱 돌리고 말했다.

"회전목마에 타는 건 밤이 좋으니까. 그쪽이 분위기 있고."

"그렇습니까……."

완전히 잊고 있었다. 세이라의 행동 원리를 추측하는 건 쉽지 않다는 것을. 여기서 마음껏 즐기길 바랐던 야마토는 사고가 정지되고 말았다.

다음은 어디로 가야 할까. 생각이 정리되지 않는 야마토를 보고 세이라가 반대 방향을 가리키며 말했다.

"다음은 커피 컵을 타고 싶네. 그리고 단번에 떨어지는 것도 타보고 싶어."

"오, 그럼 그렇게 할까! ——두 사람은 그래도 되겠어?"

야마토가 마음을 다잡고 츠바키와 메이 쪽을 바라보자, 뭔가 소곤소곤 이야기를 나누고 있었다.

그러나 야마토가 말을 걸자, 두 사람도 웃으면서 수긍했다.

(저 두 사람, 정말로 사이가 좋네.)

바라보면서 흐뭇해진 야마토는 거기서 문득 에이타를 떠올리고 커피 컵에 대기하기 전에 『지금 뭐 해?』라고 메시지를 보냈다.

이어서 곧장 에이타가 보낸 사진을 보고 야마토는 놀랐다.

그 사진에는 유원지 푸드 코트에서 에이타가 보건 선생님——양호 교사 후지타 선생님과 함께 손으로 V자를 만든 모습이 있었다. 뒤에는 세 명의 작은 아이까지 비치고 있다.

야마토는 동요할 뻔한 마음을 꾹 참고는 『어떻게 된 거야?』라고 보냈다.

그러자 에이타에게서 답신이 왔고, 『이쪽도 우연히 이 유원지에 조카들과 온 모양이라서! 운명이란 굉장하네!』라며 들뜬 느낌으로 설명해 줬다.

(다행이네. 신쵸.)

이걸로 에이타를 걱정할 필요는 없어졌기에, 야마토는 개운한 기분으로 『힘내.』라고 보냈다.

그러자 『너도!』라는 대답이 돌아와서, 야마토는 기합이 들어가는 걸 느꼈다.

"뭔가 야마토, 기뻐 보이네."

"뭐, 그렇지. 신쵸 쪽도 잘하고 있는 모양이라서."

"그렇구나?"

"그럼, 커피 컵으로 가볼까!"

"그러자."

그렇게 의욕을 충분히 가지고 도전한 커피 컵에서는 넷이서 너무 많이 돌린 탓에 회전 속도가 엄청나게 빨라졌고…… 끝난 무렵에는 세이라를 제외한 세 명이 눈이 핑핑 돌고 있었다.

이어서 들어간 유령의 집에서는 공포에 절규하는 츠바키에게 야마토가 짓눌렸고, 메이는 공포에 질린 나머지 정신줄을 놓아버려서 도중에 이탈. 세이라만큼은 태연한 상태였고, 야마토는 피로에 찌들어 버렸다.

"헥, 헥……. 유원지는 이렇게나 힘든 곳이었던가요?"

표정을 딱딱하게 굳힌 츠바키가 쓴웃음을 지으면서 야마토에게 물었다.

"뭐, 뭐어, 멤버에 따라 다르겠지."

"그런 건가요……."

원래 야마토도 유령의 집이나 자극적인 놀이기구는 거북하지만, 자기보다 무서워하는 상대가 있거나, 오히려 태연한 상대가 있으니까 어찌어찌 괜찮게 느껴졌다.

그로부터 적당히 휴식을 끼워 넣고, 다양한 놀이기구를 타며 유원지를 돌았다.

예상하기는 했지만, 세이라는 무서워하거나 이쪽을 의지하거나 하지 않고 오로지 즐기는 것처럼 보였다.

처음에는 고백만 의식하고 있던 야마토도 그런 세이라 덕분에 도중부터는 순수하게 어트랙션을 즐겼다.

그렇게 시간이 순식간에 흘러갔고.

정신이 들자, 해가 저물고 있었다.

이미 시각은 오후 6시를 넘겼다. 유원지의 손님도 줄어들었고, 대기열이 빈 놀이기구도 눈에 띄게 되었다.

당초 예정으로는 조금 이른 단계에서 다른 일행들과 헤어지고 야마토와 세이라가 단둘이 있을 상황을 만들 계획이었는데, 지금은 사정을 모르는 츠바키와 있는 상황이다.

그래서 예정은 어긋나 있었다. 차라리 츠바키에게 작전을 설명할까도 생각해 봤지만, 츠바키가 세이라를 짝사랑하고 있을 가능성이 있다고 생각하던 야마토는 결단하지 못했다.

"저기, 실례지만 잠시 괜찮을까요?"

거기서 츠바키가 진지한 모습으로 나서더니, 야마토를 똑바로 응시했다.

"응. 왜 그래?"

"사실은 전 슬슬 집에 가야 해서요. 최근에는 귀가 시간이 늦으면 부모님이 걱정하시거든요."

그렇게 말하는 츠바키는 어딘가 거북해 보여서, 야마토는 대답하기 곤란해졌다.

"그, 그렇구나. 저기, 돌아가는 길은——."

"아뇨, 저는 혼자 갈게요. 이후에는 여러분끼리 즐겨주세요."

그때, 츠바키가 세이라에게 눈짓을 보내는 것처럼 보였다.

그것에 세이라도 고개를 끄덕이고 있어서, 어쩌면 이 두 사람 사이에서는 이미 뭔가 이야기가 된 걸지도 모른다고 생각하게 되었다.

"저기, 나도 슬슬 돌아갈까? 오늘은 집에서 저녁을 만들어야 하기도 하고."

이어서 메이도 그렇게 제안하더니 야마토에게 엄지를 들었다.

"알았어. ……그래서 말인데, 시라세만 괜찮다면 조금 더 남아있지 않을래?"

큰맘 먹고 그렇게 제안하자, 세이라는 바로 고개를 끄덕였다.

"응. 남을래. 아직 이야기하고 싶은 것도 안 했으니까."

"그렇지. 나도 그래."

그렇게 메이와 츠바키와는 거기서 헤어졌고.

당초 예정대로, 어떻게든 세이라와 단둘이 남게 되었는데.

""………….""

어떻게 대화를 꺼내야 할지 알 수 없었던 야마토는 그만 침묵하고 말았다.

의외로 세이라도 긴장하고 있는지, 두 사람 사이에서는 미묘한 분위기가 생겨났다.

그러나 시간은 한정되어 있다. 이미 해는 저물었고, 주변은 밤의 어둠이 퍼지기 시작했다.

""——있잖아.""

그때, 나서는 타이밍이 겹쳐버렸다.

서로 미소를 지었고, 세이라가 먼저 말하라고 재촉했다.

옥외등이 유원지를 일정 간격으로 비췄고, 어느새 주변은 커플만이 눈에 띄는 상황이 되어버렸다.

거기서 야마토는 용기를 내서 관람차를 가리켰다.

"이야기는 저곳에서 하지 않겠어?"

"응, 찬성. 밤의 관람차라니, 뭔가 우리답네."

"그러게."

(사실은 저녁에 이야기할 생각이었지만, 이것도 결과적으로는 좋게 된 건가.)

야마토는 예정대로 돌아가지 않는 부분도 자신들답다고 이미 생각을 고쳤지만.

툭.

거기서 콧등에 차가운 물방울이 떨어졌다.

"비?"

세이라가 중얼거린 대로, 비가 내렸다. 그것도 순식간에 기세가 늘어났다.

"이런, 쏟아지잖아!"

"그래, 서둘러서—— 관람차로 가자!"

"응!"

비를 피하는 건 관람차에서.

분명 세이라라면 그렇게 말할 것 같았다.

갑작스러운 비 덕분에, 관람차에 줄을 서던 커플들은 숫자가 많이 줄었다.

그래도 역시 몇 쌍은 서 있어서, 순서를 기다리던 중 젖으면 감기에 걸릴 것 같았기에, 야마토는 접이식 우산을 꺼냈다.

"저기, 감기에 걸리면 곤란하니까."

"나이스~."

세이라는 사양하지 않고 야마토가 펼친 우산에 들어왔다.

갑자기 거리가 가까워지자, 달콤한 냄새가 야마토의 코를 확 간지럽혔다.

이미 고동은 시끄러울 정도로 커져서, 긴장감 때문에 손이 떨릴 것만 같았다.

다만 이미 각오는 충분히 다졌다.

우~웅. 그때 스마트폰 신착 메시지가 들어왔다. 확인해 보니, 상대는 츠바키였다.

『메이에게 사정은 들었어요. 모두 잘되도록 그늘에서 응원할게요.』

그런 배려 넘치는 문장을 확인한 야마토는 용기를 받은 것 같았다.

곧바로 『고마워. 힘낼게.』라고 답신을 보냈다.

그때, 겨우 야마토와 세이라 차례가 왔다.

"오, 차례가 됐네. 추워졌으니까 살았어~."

"의외로 빨랐네. 그 점은 비에 감사해야겠어."

직원의 안내를 받아 곤돌라에 타자, 안은 생각보다 넓었다. 마주 앉은 세이라와의 거리도 예상했던 것보다 넓다. 이건 세이라의 할아버지가 경영하던 유원지 관람차가 소형이었기 때문일지도 모르지만.

"역시 커다란 유원지의 관람차는 다르네. 할아버지네는 무릎끼리 부딪쳤었는데."

"나도 마침 똑같은 생각을 했어. 이쪽은 레버가 녹슬지도 않은 것 같으니까."

"끄응. 손님을 들일 때는 잘 정비했었어."

"하하. 그야 그런가."

"게다가, 이쪽이 춥게 느껴져."

그렇게 말하며 일어난 세이라가 그대로 야마토 옆에 앉았다.

"시, 시라세, 양……. 이건 조금, 너무 가깝지 않나요……."

"추워서."

확실히 이 시기는 밤이 되면 기온이 급격하게 내려간다. 게다가 비가 내리는 상황에서는 더더욱 그렇다. 그래서 야마토는 상의 재킷을 벗어서 세이라의 등에 덮어줬다.

"고마워. 근데 야마토는 안 추워?"

"나는 전혀. 오히려 더울 정도랄까."

"그렇구나?"

바로 옆에서 세이라가 의아한 듯 바라보자, 그것이 야마토의 체온을 더욱 올렸다.

딱히 강한 척이나 허세를 부리는 것도 아니다. 세이라를 의식하기만 해도 야마토는 몸이 더욱 열기를 띠는 걸 느끼고 있었다.

"저기 봐. 바깥이 아름다워."

창밖을 가리킨 세이라가 들뜬 듯 말했다.

5월의 그때처럼, 비에 젖은 유원지 안은 형형색색의 조명이 켜져서 굉장히 선명하게 빛났다.

그러나, 그때와는 달리 시점이 굉장히 높다. 넓은 부지 안을 한눈에 내려다볼 수 있는 이곳은 그야말로 절경이었다.

"그래, 굉장히 아름답네."

"이런 경치를 야마토와 같이 보게 되어서 기뻐."

세이라가 진심으로 기쁜 듯 미소 지으면서 그런 말을 대놓고 하는 바람에, 듣는 쪽은 아무래도 쑥스러워졌다.

그래도.

“나도, 시라세와 함께 이런 경치를 보게 되어서 기뻐. 이것만으로도 꿈만 같아.”

야마토는 쑥스러워하면서도 생각한 말을 정직하게 전했다.

그러자, 세이라는 행복한 듯 짙은 미소를 지었다.

꿀꺽. 거기서 야마토는 침을 삼켰다.

긴장감 탓에 손에 땀이 배어난다.

목이 바싹 말라버려서, 어떻게든 기침해서 대처하려고 했다.

——고백.

지금부터 세이라에게 고백한다.

그 사실을 의식하기만 해도 얼굴에서 불이 뿜어져 나올 만큼 부끄러워진다.

그러나, 이 마음은 거짓 없는 본심이다.

한참 전부터 의식하고는 있었을 것이다. 그러나 그 마음을 인정해 버리면, 전해버리면, 이 마음 편한 관계가 무너져 버리지 않을까—— 그렇게 생각해서 무의식중에 감추고 있었을지도 모른다.

그러나 이것도 오늘로 끝이다. 이제는 깨달아 버렸으니까.

결과가 어떻게 되든, 야마토의 결의는 변하지 않는다.

세이라에게 거부당하지 않는 한 곁에 있겠다고 맹세했다. 지금의 야마토라면, 이 결의는 어중간한 일로는 흔들리지 않으리라 자신감을 가지고 말할 수 있다.

그렇기에, 마음을 전하려고 결심할 수 있었던 거다.

스읍, 하아. 살짝 심호흡했다.

그때, 마침 곤돌라가 관람차 제일 높은 곳에서 도착했다.

주먹을 꽉 쥔 야마토는 옆에 앉은 세이라를 바라보면서——.

"있잖아, 시라세. 실은——."

"잠깐만."

눈이 마주친 세이라는 곧바로 야마토의 말을 가로막으면서 검지를 그의 입가에 댔다.

기세가 막혀버린 야마토는 동요하면서 굳어지고 말았다.

"시, 시라세……?"

"나부터 말해도 될까?——아니, 말하고 싶어. 말하게 해줘."

"저기, 그건……."

그런 진지한 눈초리로 바라보면, 간단히 이의를 제기하지 못하게 된다.

이 상황에서 전할 일이라면, 지금 야마토의 머릿속에서는 하나밖에 떠오르지 않는다.

즉, 세이라는……. 그렇듯 현실감이 없는 기대감이 야마토의 가슴속에 생겨나고 말았다.

그래도 야마토는 자신의 자존심으로, '그런 건 내가 먼저 전하고 싶다' 라는 생각을 머릿속에 하고 있었다. 그렇기에.

"꼬, 꼭 해야 해?"

"응. 꼭. 평생의 부탁이야."

"펴, 평생의……. 알았어."

세이라의 입에서 '평생의 부탁' 이라는 말까지 나왔으니, 이제는 더 뭐라고 말할 수가 없었다.

야마토는 완전히 생각을 바꿔서, 세이라의 말을 받아들일 준비를 했다.

눈앞의 터무니없이 귀여운 소녀의 결의한 얼굴을 바라보면서, 들뜨는 마음을 열심히 억눌렀다.

그러자, 야마토의 준비가 끝난 걸 확인한 세이라가 결의한 듯 입을 열었다——.

"——나, 전학할 거야."

그 말은, 덤덤하게 나왔다.

"어……."

순간, 야마토는 그 말의 의미를 이해하지 못했다.

그러나 쓸쓸하게 웃는 세이라의 얼굴을 보자, 필연적으로 깨닫게 되었다.

세이라는 자신이 전학한다고, 그렇게 고백한 거다.

사전에 예상했던 이야기와는 완전히 다른 내용을 듣게 되자, 야마토는 매우 동요했다. 머리로는 알고 있어도, 마음이 쫓아가지 못했다.

전학—— 즉, 세이라가 다니는 학교가 달라진다.

아침에 인사를 주고받지도, 점심시간에 옥상에서 같이 밥을 먹지도, 방과 후에 작별 인사를 나누지도 못하게 된다. 익숙한 교복 모습을 볼 수도 없어지는 거다.

조금 전까지 들떴던 마음은 이미 사라졌다. 지금의 야마토는 이 최악의 사태를 어떻게 받아들여야 할지, 그것만으로도 필사적이었다.

말문을 잃은 야마토를 본 세이라는 미안한 듯 시선을 내렸다.

"미안해. 갑작스럽지? 사실은 좀 더 빨리 말하고 싶었는데."

마치 이미 정해진 것처럼.

세이라 본인은 이미 그걸 받아들인 것처럼 조용히 말했다.

야마토는 이렇게 체념하고, 자조하듯 웃는 모습을 보고 싶지 않았다.

"뭐야, 그게."

야마토의 입에서 겨우 나온 말은, 그런 말이었다.

그대로 세이라의 어깨를 붙잡은 야마토는 호소하듯 말했다.

"어떻게 된 거야? 갑자기 뭐냐고?! 전학이라니, 영문을 모르겠어!"

"야마토, 아파."

"——아! 미, 미안……."

야마토는 목소리를 떨면서 손을 놓았고, 그래도 형용할 수 없는 마음을 부딪칠 곳이 없어서 두 주먹을 강하게 움켜쥐었다.

"놀라게 한 건 사과할게. 정말 미안해. 그래도, 딱히 두 번 다시 만나지 못하는 건 아니니까."

"두 번 다시 만나지 못하는 건 아니라니, 그딴 거야 당연한 거잖아. 애초에 전학이라니 어디로 가려는 건데?"

억누를 수 없는 감정을 부딪치려는 듯, 평소보다 난폭한 어조로 캐물었다.

그러자, 세이라는 나지막하게 속삭이듯이, 도쿄 도내에서 유명한 여학교의 이름을 꺼냈다.

"그거, 도쿄 도내잖아. 꽤 가깝네……. 그래서, 시기는?"

조금 머리가 식은 야마토가 조심조심 물었다.

세이라는 어색하게 웃으면서 "2주 뒤."라고 대답했다.

"……너무 갑작스럽잖아."

"사실은 2학기 동안이라도 남아있으려고 했는데 말이지."

"…………."

다시 말문을 잃은 야마토에게 세이라가 덤덤히 말했다.

"전학하는 학교는, 예체능 쪽으로 강한 곳 같아. 완전 기숙사제지만, 신청서만 내면 심야 귀가도 허가해 주는 것 같아."

"그래도 그건 허가가 날 때의 이야기고, 결국은 놀거나 할 수는 없는 거잖아."

"응. 대학도 부속이 될 가능성이 높고, 일을 위해 전학하는 거니까 자유 시간 같은 건 전혀 없을지도."

"그런 건……."

야마토는 고개를 좌우로 흔들면서 자신의 솔직한 마음을 그대로 전했다.

"나는 진짜 싫어."

"야마토……."

그 대답이 의외였는지, 세이라는 멍하니 있었다.

이어서 야마토가 생각을 부딪쳤다.

"이상한 건 아니잖아. 만나지 못한다면, 도쿄 도내에 있든 해외에 있든 나에게는 똑같아. 최근에도 시라세와 방과 후에는 거의 놀 수 없었지만, 그래도 평일 아침부터 저녁까지는 학교에서 얼굴을 마주할 수 있었어. 낮에는 옥상에서 같이 점심을 먹고, 학교 행사가 있으면 같이 협력할 수도 있었잖아. ——그러니까 뭐, 어쩔 수 없다. 사실은 지금처럼 방과 후에도 놀고 싶었고, 함께 하교도 하고 싶었지만, 바쁘다면 어쩔 수 없지. 그렇게 생각했었다고."

세이라는 힘차게 이야기하는 야마토의 말을 묵묵히 들었다.

야마토는 맞장구조차 없다는 것에 짜증이 났지만, 기왕 이렇게 되었기에 말을 이었다.

"애초에 지금 하는 일도 부모님이 억지로 시키는 거잖아. 나나 엄마를 인질로 잡아서. 시라세가 정말로 하고 싶은 일이라면 나도 참았겠지만, 그런 것도 아닌데 여기서 학교에서 만날 시간까지 빼앗긴다니 참을 수 있겠냐고."

여전히 시선을 내리고 침묵하는 세이라에게 야마토가 계속해서 말했다.

"내년에는 수험도 있고, 놀 수 있는 시간은 어차피 줄어들 거야. 하지만 함께 공부할 수는 있었을 거고, 그게 무리더라도 나는 시라세와 서로를 받쳐주고 싶다고 생각했어."

여기서 야마토는 다시 세이라의 어깨에 손을 올렸다. 이번에는 다정하게 잡는 걸 의식했다.

수많은 마음을 입에 담고, 머리가 식어서 생각이 정리된 야마토는, 천천히 물었다.

"시라세는 아니야? 사실은 어쩌고 싶은 건지, 시라세가 생각하는 걸—— 바라는 걸, 나에게 말해줬으면 좋겠어."

그러자 세이라는 고개를 수그리고 말았다.

그리고 그 가녀린 어깨가, 조용히 떨렸다.

"나도……."

작은 목소리를 내더니.

"나도, 싫어. 야마토와 떨어지고 싶지 않아."

거기서 세이라가 고개를 들고, 당장에라도 눈물이 흐를 것만 같은 표정으로 연약하게 말했다.

"야마토와 함께 있을 수 있는 지금의 시간을, 잃고 싶지 않아."

"시라세……."

그 뺨을 만지려 했지만, 세이라가 야마토의 손을 거부했다.

"그래도 어쩔 수 없잖아. 지금은 아직 힘이 없는걸. 지금의 나는, 야마토와 요우를 지켜줄 수 없어. 그러니까 싫지만, 지금은 참을 수밖에 없다고, 그렇게 생각한 거야!"

날카롭게 노려보는 그 눈에는 박력이나 위압감이 없었다.

그저, 굉장히 슬퍼하고 있다는 게 전해졌다. 그 눈동자를 바라본 것만으로도 야마토는 가슴이 조여들었다.

"그건, 시라세 혼자일 때의, 이야기잖아."

"무슨 소리야?"

정말로 모르겠다는 듯 곤혹스러워하는 세이라를 본 야마토는 울컥하는 마음을 꾹 참았다.

"——나를 의지해 줘."

그리고 그 말을 입에 올린 야마토가 힘차게 일어섰다.

"미덥지 못하게 느낄지도 모르지만, 나도 당사자야. 엄마의 일 같은 문제는 있지만, 나는 이제 겁먹지 않아. 시라세와 함께 고민하고, 맞서고 싶어!"

"야마토……."

야마토는 놀란 듯 올려다보는 세이라를 바라보면서 다정하게 말했다.

"나는 의사 표시를 했어. 그러니까 가르쳐 줘. 시라세가 지금 뭘 바라는지."

그러자, 세이라가 일어나서 끌어안았다. 그 기세가 너무 강해서 곤돌라가 살짝 흔들렸다.

그리고 세이라는 야마토의 품에 얼굴을 묻으면서 천천히 입을 열었다.

"——나는, 전부 그만두고 싶어. 지금 당장 일도, 전학도, 얽매이는 것들을 전부 내던지고, 야마토와 평범한 학교 생활을 보내고 싶어. 그러니까……."

거기서 세이라가 고개를 들고, 애원하듯 말했다.

"어떻게든 해줘, 야마토. 나를 구해줘."

그 가녀린 몸을 살짝 떠는 세이라의 눈동자가 촉촉해졌다.

야마토는 크게 끄덕이면서 그 몸을 감싸듯 끌어안았다.

"알았어. 나한테 맡겨. 내가 어떻게든 할게."

"응. 고마워. ……뭔가, 안심되네."

세이라가 더 강하게 꼬옥 끌어안았고, 야마토는 그 기분 좋은 감촉에 고양감을 느꼈다.

세이라가 바란다면, 야마토는 뭐든지 할 수 있을 것만 같았다.

실제로 뭐든 하겠다는 마음이 있었다.

구체적으로 어떻게 할지는 지금부터 생각할 예정이지만, 아무튼 지금까지 없을 만큼 의욕적인 건 확실했다.

——철컹.

그때, 갑자기 문이 열렸다.

아무래도 곤돌라가 지상에 도착했는지, 직원이 거북한 듯 도착을 알렸다.

정신을 차린 세이라가 곤란한 듯 야마토를 바라봤다.

"벌써 도착했네."

"그러게. 내릴까?"

"하지만 야마토의 이야기를 아직 못 들었어. 한 바퀴 더 돌자."

야마토는 떼를 쓰듯이 남으려 하는 세이라의 손을 당겨서 곤돌라에서 내렸다.

그대로 비가 내리는 지상에 내려선 야마토는 웃으며 말했다.

"내 이야기는 이것저것 끝나고 나서 해도 돼. 그쪽이 나도 확실하게 전할 수 있을 것 같으니까."

이건 본심에서 나온 말이다. 야마토의 이야기—— 고백은, 타이밍을 놓치기도 했지만, 새롭게 해결해야 하는 '세이라의 전학' 문제가 발생한 지금은 그걸 이뤄낼 상황이 아니기도 했다.

"그, 그렇구나."

세이라는 자기 머리를 살며시 어루만지면서 시선을 돌렸다.

그 모습은 명백하게 쑥스러워하고 있어서, 야마토까지 갑자기 부끄러워지고 말았다.

일단 접이식 우산을 꺼내서 펼치고는 세이라와 자신이 젖지 않도록 몸을 당겼다.

"뭐, 뭐어, 그렇게 되었으니까. 으음, 이제부터 어쩌지?"

"그럼……. 맞다, 회전목마 타자. 아직 한 번도 안 탔으니까."

"그래. 그렇게 할까."

서로 어색해진 것을 자각하면서, 화려한 조명이 켜진 회전목마 탑승구로 향했다.

여전히 비가 내리고, 폐원 시간도 다가와서 그런지 대기열에 다른 손님의 모습은 없었다.

직원이 커플용으로 2인승할 수 있는 말도 있다고 알려줘서, 야마토는 얼굴을 붉히면서도 2인승용 백마로 향했다.

"시라세, 저걸 타자."

"응. 알았어."

그렇게 백마에 탈 때, 야마토는 세이라의 몸을 번쩍 들어서 말 뒤편에 앉혔다.

"왓, 깜짝 놀랐어. 힘이 세네."

"아니, 시라세는 가벼우니까 여유롭지. 게다가 오늘의 나는 백마 탄 왕자님이니까."

야마토는 자기가 말해 놓고 부끄러워했지만, 그래도 웃으면서 말 앞쪽에 걸터앉았다.

그러자 세이라가 허리에 손을 둘렀다.

"후후. 전에도 말했었지. '다음은 내가 백마 탄 왕자님이야!' 라고."

"맞아. 그러니까 그 말을 실행해야지. 이걸로 한심한 자신과도 작별하게 된 것 같아."

"야마토는 처음부터 한심하지 않았지만."

그렇게 말한 세이라가 등에 기댔다.

기쁜 말을 들은 동시에 두근거리고 있는데, 회전목마가 움직였다.

반짝반짝 빛나는 야경 속에서 두 사람은 백마에 걸터앉아 바람을 갈랐다.

야마토는 등에서 느껴지는 온기에 고동이 빨라지면서도 힐끔 뒤를 바라봤다.

"이번에는 그다지 들뜨지 않네."

"나도 조금은 어른이 된 걸지도."

"하하, 그런가. ……하지만, 그건 조금 쓸쓸한 느낌도 드네."

"그럼 돌아갈래. ——와아~ 즐거워라~!"

갑자기 세이라가 들뜬 듯이 큰소리를 지르면서 몸을 휙휙 흔들기 시작했다.

그 발상 자체가 어린애 같아서, 야마토는 저도 모르게 웃고 말았다.

"왕자님도 즐거워?"

"응, 즐거워. 공주님이 즐거워하니까."

"그래. 그럼 다행이네. ——아, 저기 봐. 인형탈이 벤치에서 땡땡이치고 있어."

"그건 못 본 걸로 해두자."

분명 저 인형탈은 하루 내내 애쓰고 있었을 게 분명하다. 그게 아니더라도 짬짬이 휴식하는 건 중요하다.

"그보다, 비 그치지 않았어? 다들 우산 안 쓰고 있는데."

"정말이네. 은근히 짧은 비여서 다행이야."

"그러게. 추위는 변함없지만."

솔직히 말해서 야마토는 돌아가는 길도 우산을 같이 쓸 생각이 넘쳐났지만, 날씨는 분위기를 읽지 못한 모양이다.

세이라는 여전히 들뜬 모습으로 먼 곳을 가리켰다.

"저기저기, 저기를 봐. 저쪽 가족, 아이가 자고 있어."

"너무 놀아서 지친 거겠지. 시라세는 괜찮아?"

"그렇게까지 아이 취급하면 확 자버릴까?"

"아니, 부탁이니까 여기서는 자지 말아줘."

야마토는 그렇게 들뜬 대화를 나누며 그 가족을 다시 바라봤다.

멀리서도 아이는 기분 좋게 잠들어 있었고, 안아 든 아버지가 그 머리를 다정하게 쓰다듬고 있었다.

"이봐, 시라세. 이상한 걸 물어봐도 될까?"

"야한 거?"

"아니야! 저기, 시라세는, 아버지를 어떻게 생각하는지 묻고 싶어서."

이건 단순한 흥미가 있었던 것과, 동시에 뭔가 문제 해결의 실마리가 될지도 모른다는 계산도 있어서 꺼낸 질문이었다.

그러자 세이라는 으~음, 하고 조금 고민한 뒤.

"전에도 말했던 것 같지만, 나와 아버지는 사이가 별로 좋지 않아. 그래도 뭐, 나 자신은 좋지도 싫지도 않으려나. ――이러면 대답이 되었을까?"

"그래, 고마워. 말하기 힘든 일이었지? 미안."

"아니야. 문제 해결에 참고가 된다면 뭐든 물어봐."

뭐든, 이라는 말이 오히려 곤란해지는 셈이지만.

그러나 '좋지도 싫지도 않다' 라는 건 세이라다운 대답 같았다. 세이라가 특정 누군가를 싫어하는 건 그다지 상상할 수 없기 때문이었다.

여기서 야마토는 모처럼 뭐든 물어볼 수 있게 되었으니 세이라와 아버지의 관계를 좀 더 깊이 파볼까 생각해 봤지만, 바로 생각이 변했다.

역시, '이런 건' 본인에게 직접 물어봐야 한다.

야마토가 그렇게 생각을 고쳤을 때, 회전목마는 서서히 움직임이 느려지더니 이윽고 정지했다.

먼저 말에서 내린 야마토가 손을 내밀자, 세이라는 그 손을 잡으며 말했다.

"역시 왕자님."

"그쪽은 공주님 같지 않은 대사네."

말에서 내린 세이라는 스커트 옷자락을 잡았다.

"감사드려요."

"…………."

느닷없이 고상한 인사, 게다가 그 동작이 그럴싸해서 놀랐다. 그래도 장난스러운 건 확실했지만.

"어라? 마음에 안 들었어?"

"일단, 장난치고 있다는 건 전해졌어."

"아하하. 미안해."

그렇게 회전목마를 나왔을 때, 앞을 걷던 세이라가 여운에 잠긴 듯 크게 기지개를 켰다.

그로부터 빙글 몸을 돌리더니.

"슬슬 돌아갈까."

개운할 정도로 미련 없는 얼굴을 한 세이라가 태연하게 말했다.

"이제 괜찮아? 아직 폐원까지는 조금 시간이 있는데."

"응. 마지막은 회전목마로 끝내고 싶으니까."

"그럼 뭐, 돌아가기로 할까."

"오~."

출구로 먼저 걸어가는 세이라의 뒤에서 야마토가 말을 걸었다.

"있잖아, 시라세."

"응~?"

돌아보지 않은 대신, 세이라는 걷는 속도를 늦췄다.

그 등을 향해, 야마토는 결의를 다지고 말을 이었다.

"난 말이야. 시라세의 아버지와 한번 제대로 이야기해 보고 싶어. 이 경우 담판의 형태가 되겠지만, 문제를 해결하려면 그 방법이 빠를 것 같거든."
그러자, 잠깐 침묵이 흐른 뒤.
"야마토가 그러고 싶다면, 나는 괜찮아."
그 목소리는 작고, 힘이 없었다.
"나와 아버지가 이야기하는 게 불안해?"
"조금은. 그래도, 약속을 잡을 수 있게 이야기는 해둘게."
"고마워. 뭔가 결국, 시라세의 힘을 빌리게 되어서 미안하네."
"아니야. 같이 고민하고 맞서 주는 거잖아. 그렇다면 나도 할 수 있는 일을 할게."
그렇게 말하고 겨우 몸을 돌린 세이라의 얼굴은 역시 딱딱하게 굳어 있었다.
수습하려는 듯 웃고는 있지만, 그 웃음은 여느 때의 세이라와는 명백하게 달랐다.
(내가 시라세의 웃음을 되찾아야 해.)
야마토는 사명감과도 닮은 마음을 품으며 자신을 고무했다.
망설임 같은 건 어디에도 없었다.

그로부터 돌아가는 전철에서.
세이라는 좌석에 앉자마자 야마토의 어깨에 머리를 맡기고 잠들어 버렸다.
야마토는 답답한 마음을 풀고자 스마트폰을 확인했고, 그제야 메이와 에이타에게서 메시지가 와 있었다는 걸 알아챘다.
내용은 모두 고백의 성공을 궁금해하는 것이었다.

그렇기에 일단 야마토는 두 사람에게 '이번에는 미루기로 했어. 다음에는 노력하겠습니다.' 라는 메시지를 보내놨다.

이때 야마토는 깨달았는데, 츠바키나 레이카는 이미 세이라가 전학하는 걸 알고 있었던 것 같다.

문화제 때 레이카가 의미심장하게 했던 말은 전학 일이고, 츠바키는 세이라가 오늘 전학 이야기를 야마토에게 밝힌다는 걸 사전에 들었다고 생각하는 게 타당하다. 그렇다면 오늘 츠바키의 태도나 행동에도 납득이 간다.

아무튼 다방면에서 신경을 써줬다는 건 틀림없다. 야마토도 그 점은 반성하기로 했다.

전철이 학교에서 가장 가까운 역에 도착하자, 세이라와는 헤어지게 되었다.

"오늘은 고마워. 학교에서 보자."

"그래. 또 학교에서."

야마토는 세이라와 이런 인사를 나눌 기회가 이 이상 줄어드는 건 참을 수 없었다.

그렇기에, 야마토는 떠나가는 전철을 바라보면서 다시금 맞설 결의를 다졌다.

6화 대면의 때

그로부터 며칠이 지났다.

11월 초순의 아침, 세이라가 아버지와의 약속이 잡혔다는 말을 전해왔다.

원래 야마토는 언제라도 상관없었기에, 바로 그날 오후 5시에 시라세 그룹 본사 빌딩 최상층 사장실에서 면회 약속을 잡게 되었다.

당연히 이날 수업에는 집중하지 못했고, 점심시간에도 야마토는 조마조마했다.

이번만큼은 세이라도 마찬가지로 서로 점심밥이 목구멍으로 잘 넘어가지 않는 상태였다.

그런 두 사람을 본 주변에서 걱정했지만, 어중간하게 이야기했다가 큰일로 키울 수도 없었기에 야마토는 어찌어찌 얼버무리며 넘겼다.

그리고 드디어 방과 후를 맞이했다.

예정 시간에는 조금 여유가 있었지만, 지정된 시라세 그룹 본사 빌딩에서 가장 가까운 역은 전철로 15분 정도이기에 빠르게 가보기로 했다.

이 면회는 어디까지나 야마토가 혼자 갈 생각이지만, 세이라도 회사까지는 따라온다고 한다.

그렇게 둘이서 전철을 타고, 네 시 반에 지정된 시라세 그룹 본사 빌딩 앞에 도착했다.

"이, 이곳이……."

도착하자마자 야마토는 그저 압도당했다.

그 건조물은 아무튼 높았다. 세이라가 예전에 살던 타워 맨션보다도 높아서, 올려다봐도 그 전모를 알 수 없을 정도다. 그런데다 새까만 벽면은 어마어마한 중후감이 있고, 이곳저곳에 창문이 달렸다.

출입구에는 경비원이 서 있고, 정장 차림의 비즈니스맨으로 보이는 사람들이 수시로 오가고 있어서 교복 차림인 두 사람은 명백하게 어울리지 않았다.

야마토는 침을 꿀꺽 삼켰다. 그 오피스 빌딩 앞에서 완전히 압도당해 버렸다.

그러나 세이라는 아닌 모양이었다.

"들어갈 거지? 가자."

그렇게 말하며 손을 당기자, 야마토는 그에 이끌려서 안으로 들어갔다.

"아직 시간이 조금 있네. 어쩔까?"

"접수대에서 방문자 출입증을 받고 나서 카페 공간에서 시간을 때우자."

"그, 그래."

(이런 때에도 시라세는 당당하게 있네.)

자신도 흠칫거리기만 해서는 안 된다고 생각한 야마토는 뺨을 때리며 기합을 넣었다.

오피스 접수대에서는 이름을 대자마자 곧바로 방문자 출입증을 받았다.

카페 공간은 1층에 있고, 유명한 체인점이 경영하고 있었다. 야마토와 세이라는 카운터에서 뜨거운 카페오레를 시키고 안쪽에 있는 2인석에 앉았다.

교복을 입어서 그런지 주변의 시선이 느껴진다. 까놓고 말해서 거북했다.

일단 도착한 카페오레 컵에 입을 댔다.

"써!"

그렇게 중얼거린 건 세이라였다. 씁쓸한 듯 인상을 찌푸리고는 카페오레를 원망스럽게 바라봤다.

그 귀여운 모습을 바라보자, 야마토의 딱딱하던 표정도 바로 풀어졌다.

"자, 시라세는 설탕을 넣어야지. 써서 못 마시잖아?"

야마토는 그렇게 말하며 테이블 구석에 마련된 스틱 설탕을 세 개 정도 건넸다.

그러자, 어째서인지 뾰로통해진 세이라가 스틱 설탕을 야마토의 카페오레에도 넣는 게 아닌가.

"앗, 잠깐. 뭐 하는 거야!"

"딱히. 선의로 넣어줬을 뿐이야."

"아니아니, 넣고 싶으면 자기 것에 넣어야지."

"그래. 뭐, 상관없잖아."

울분이 풀렸는지 곧바로 기분이 좋아진 세이라가 카페오레에 입을 댔다.

"응. 어른의 맛."

"아니, 스틱 설탕을 세 개나 넣으면 달잖아."

"흥이다."

이런 일로 어린애 취급을 받는 건 납득이 안 가는지, 세이라는 토라져 버렸다.

그 모습이 무척이나 귀여웠기에, 야마토는 누그러진 마음으로 카페오레를 입에 넣었다.

(달아……. 하나로 이 정도인가.)

즉, 세 개는 그야말로 달 거다. 완전히 어린이용이라고 해도 좋을 정도다.

그러나 만족스럽게 카페오레를 마시는 세이라를 보면서 이 이상 언급하는 건 그만두기로 했다.

그렇게 시간이 흘러갔고. 오후 다섯 시, 그 10분 전.

야마토와 세이라는 엘리베이터를 탔고, 야마토가 옥상 직전에 있는 최상층의 버튼을 눌렀다.

그러자 세이라가 옥상 버튼을 눌렀다. 야마토는 한순간 자신이 잘못 누른 줄 알았지만, 아무래도 그렇지는 않은 모양이다.

"난 옥상에서 기다릴 테니까. 끝나면 와줘."

"그런가. 알았어."

카페 공간을 함께 나오고 나서 세이라가 어디서 기다릴 생각인지 의문이었는데, 아무래도 옥상에서 시간을 때울 생각인 모양이었다.

엘리베이터에는 창문이 붙어있어서, 굉장한 속도로 고층으로 올라가는 걸 알 수 있었다.

그대로 도시 일대를 바라볼 수 있는 높이가 된 무렵에 최상층에 도착했다.

"갔다 올게."

"응. 나중에 봐."

세이라의 배웅을 받으며 엘리베이터를 내리자, 모던한 색조의 홀이 나왔다.

그곳에서 똑바로 나아가자, 비서로 보이는 정장 차림의 여성이 문 앞에서 기다리고 있었다.

"쿠라키 야마토 님이시죠?"

"아, 네."

"안에서 사장님이 기다리시니, 이리로 오시죠."

그렇게 말한 여성이 문을 열었다.

들은 대로 안으로 들어가자, 넓은 실내 안쪽에 사장 의자로 보이는 호화로운 의자가 있었고, 그곳에는 예전에 병원에서 얼굴을 마주했던 남성—— 세이라의 아버지가 있었다.

예전에 얼굴을 마주했을 때와 같은 정장 차림이었는데, 엄격한 표정이면서도 그 풍모에서는 왠지 모를 매력이 감돌고 있다.

서류에서 눈을 들고, 그 날카로운 시선이 향하는 것만으로도 야마토의 몸이 굳어졌다.

긴장감으로 굳어진 야마토와는 달리, 세이라의 아버지인 남성은 표정을 바꾸지 않고 입을 열었다.

“안녕하신가. 처음 보는, 건 아니군. 나는 시라세 레이지로. 이곳 시라세 그룹 주식회사의 대표이사 사장이자, 알다시피 시라세 세이라의 아버지다. 잘 부탁하지.”

그 중저음의 음색은 귀에는 좋게 닿았지만, 그럼에도 야마토의 몸은 더더욱 굳어졌다.

“아, 안녕하세요. 쿠라키 야마토입니다. 시라세── 세이라 양과는 같은 반이고, 친구입니다. 오늘은 시간을 내주셔서 감사합니다.”

야마토가 어떻게든 답변하자, 레이지로는 살짝 숨을 내쉬며 말했다.

“그래서, 용건은 뭔가? 이쪽도 그다지 시간이 없어서 말이지. 가능하면 짧게 부탁하고 싶군.”

원하지 않는 손님이었다는 건 알고 있지만, 이렇게나 노골적으로 거부감을 보여주자 야마토도 투쟁심이 끓어올랐다.

“용건이라는 건 물론, 세이라 양에 대한 거죠. 우선, 세이라 양을 전학시킬 생각이라는 게 사실인가요?”

“그래, 사실이다.”

“어째서죠? 세이라 양 본인은 그런 걸 바라지 않는데.”

“세상의 아이들 대다수가 전학하는 이유는, 대부분 부모의 사정이라고 생각하네만?"

"일반적인, 부모의 전근에 따라가는 거라면 몰라도, 그런 이유는 아니잖아요? 본인의 의사를 무시하고, 저나 제 어머니에 대한 것까지 들먹이면서, 그렇게까지 세이라 양을 전학시키려는 이유는 뭔가요? 이대로라면 저희는 납득할 수 없어요!"

야마토는 최선을 다해, 호소하듯이 말했다.

그러자 레이지로는 "흠." 하고 맞장구를 치더니 천천히 입을 열었다.

"우선 자네나 자네의 부모님에 관한 거라면, 그건 오해다. 그 점은 사과하도록 하지."

"예……?"

"그쪽의 가정 사정 등을 조사한 건 사실이지만, 구체적으로 어떤 영향을 주겠다거나 그런 건 확언하지 않았어. 그걸 딸이 왜곡해서 그쪽에 전달했다면, 지금 여기서 철회하도록 하지. 미안하네."

"아니, 그런 일이……."

"그럼 어떻다는 건가? 어디까지나 딸 세이라가 말한 대로, 자네의 어머니를 현재 직장에서 즉각 잘라버리기라도 한다는 건가?"

"아닌가요……?"

"아니. 그럴 생각은 없어. 그저 단순히, 상대는 그런 일반 가정이라는 걸 알리고, 그쪽도 신분 차이에 힘들어할 거라고—— 그런 의도를 전했을 뿐이다."

여기서 이 이상 야마토가 호소해도 소용없을 거다. 만약 사실은 아니더라도, 이렇게 시치미를 뗀다면 어쩔 도리가 없다. 그러니 야마토는 이렇게 대답할 수밖에 없다.

"알겠습니다. 그럼 지금, 그쪽 걱정은 쓸데없는 참견이었다고 전달해 두죠."

"알았다. ——그리고, 딸의 전학은 완전히 우리 집안의 가정사정인데, 그런데도 자네는 참견할 생각인가? 타인의 가정 사정인데."

그 말을 들은 야마토는 참지 못하고 내디디며 말했다.

"시라세는! ——세이라 양은, 저에게는 생판 남이 아니에요! 저의 소중한, 친구니까요!"

"일개 친구의 가정 사정에 끼어든다니—— 자네에게는 그게 상식이라는 건가?"

"그건……."

레이지로는 후우, 하고 노골적으로 한숨을 쉬었다.

"조금 더 재미있는 이야기를 들을 수 있을 줄 알았는데. 이런 상황에서도 여전히 관계성을 꾸며내고 있다니. 솔직히 자네에게는 실망이야."

거의 초대면인 상대가 모든 걸 내다보고 있다는 듯 응대하고 있다. 그것은 야마토에게는 굴욕 말고 아무것도 아니었지만, 그래도 반박할 말이 좀처럼 나오지 않았다.

그러자 그런 야마토를 보다 못했는지, 레이지로가 한숨을 쉬며 자리에서 일어나 후방의 큰 창문을 응시하며 입을 열었다.

"그럼 질문을 바꾸지. 자네는, 딸을 소중하게 여기고 있나?"

"——큭! 네. 굉장히 소중하게 생각하고 있어요!"

"하지만, 그것이 연애 관계인지 아닌지는 대답하고 싶지 않겠지? 그렇다면, 굳이 이쪽에서 자네의 의지를 받아들여서 우리끼리 딸을—— 세이라를 소중히 여기는 사람끼리 이야기를 해 보기로 할까."

그 말투는 부드럽고, 어딘가 다정한 어조가 되었다.

의도를 파악하지 못했지만, 그렇게 말하면 야마토도 받아들일 수밖에 없었기에 수긍했다.

"그럼 우선, 세이라의 장래에 관해 이야기할 필요가 있겠군. 본인이 없는 곳이기는 하지만, 이른바 그 아이의 '행복' 에 관한 이야기다."

"네, 네……?"

추상적인 표현에 당혹스러워진 야마토를 제쳐놓은 채, 레이지로가 말을 이었다.

"나는 말이지, 사람이 행복해지려면 우선 선택지를 늘릴 필요가 있다고 생각하고 있다. 그건 즉, '힘' 을 얻는다는 것과 같은 뜻이지."

"선택지, 그리고 '힘' 인가요."

최근 들어 세이라도 '힘' 이라는 단어를 몇 번 말했다는 걸 떠올렸다.

그것이 단순한 근력 같은 것과 다르다는 건 아무리 야마토라도 알고 있었다.

"그렇기에 나는, 딸이 장래에 다양한 선택지를 가질 수 있도록 힘을 기르게 했네. 기능, 실적, 인맥 등등—— 물론, 그 아이의 적성이나 능력을 감안하고 말이지."

"그게 전에 여러 가지 교육을 시켰던 이유인가요."

"그래, 바로 그거다. 이른바 장래를 위한 투자지. 여기에는 기본적으로 어리광을 받아주거나 정을 주지 않고, 부모라고 해도 일정한 거리를 유지하도록 명심했다. 집중하게 해주기 위해서였지. ——이것이 내가 생각하는, 딸이 행복해지기 위한 대략적인 플랜이었네. 그럼, 자네의 생각을 들어볼까."

여기까지는 어디까지나 저쪽의 턴.

그리고 지금부터는 야마토의 차례가 되었고, 가슴에 들끓는 마음을 입에 담았다.

"저는 우선 말해두지만, 당신의 생각과는 전혀 달라요. 당신은 지금까지의 세이라 양을—— 시라세의 '지금' 행복을, 완전히 무시하고 있기 때문이에요."

"과연. 자네의 의견은 과정에 있는 그 아이를 소홀히 하고 있다, 이른바 희생하고 있다고 말하고 싶은 건가."

"표현은 좀 안 좋지만, 그런 느낌이에요."

"흠. 그래서?"

야마토는 여전히 상대가 여유로운 태도라는 것에 불쾌함을 느끼면서도 말을 이었다.

"저는 좀 더, 지금을 보내는 시라세의 감정을 소중히 하고 싶고, 해줬으면 좋겠어요. 아이일 때도, 중학생이 되었을 때도, 분명 시라세는 시라세 나름의 하고 싶은 일이 있었을 거예요. 그 아이는 그걸 참고 노력해 온 거라고요. 예전 이야기를 할 때는 언제나 괴로워 보였고, 그리고 시라세는 지금도 울 것 같은 표정을 짓고 있어요. 저는 그런 시라세를 무시할 수 없어요! 무엇보다 제가 싫어요!"

야마토는 자연스레 큰소리로 말했다. 얼추 이야기를 들은 레이지로는 훗, 하고 코웃음 쳤다.

"뭐가 웃긴 건가요."

"아니, 너무나도 단락적이면서도 어리석은 생각이라고 생각해서 말이지. 아니, 조금 더 요즘 식으로 말을 바꾸면 '풋내가 난다' 라고 표현해야 하나."

"그건 딱히 요즘 표현이 아닌 것 같은데요."

야마토가 오는 말에 그대로 반박하듯 내뱉자, 레이지로는 덤덤히 반론했다.

"자네는 조금 전 내가 일방적으로 딸의 행복을 소홀히 하고 있다는 식의 말투를 보였지만, 그러는 자네 쪽은 어떤가?"

"무슨 뜻이죠?"

"자네는 딸의── 세이라의 '미래' 를 소홀히 하고 있는 게 아닌가? 그런 뜻이다."

"그건……."

한순간 말문이 막혔지만, 야마토는 곧바로 표정을 다잡았다.

"미래는, 확정할 수 있는 게 아니에요. 게다가 저는 시라세가 스스로 생각하고, 고민해서 정한 결과가 안 좋게 나오리라고는 생각하지 않아요. 적어도 스스로 고른 결과라면 납득할 수 있겠죠."

"남 일처럼 말하는군. 번드르르한 말만 그럴싸하게 늘어놓다니, 굉장한 무책임한 의견이야."

처음으로 레이지로의 어조에 짜증의 감정이 섞인 것 같았다.

그게 야마토의 마음을 위축시켰지만, 어떻게든 마음을 끌어올리면서 반박했다.

"남 일인 것도, 무책임한 것도 아니에요. 저도, 시라세와 함께 생각하려고 하고요."

거기서 레이지로가 돌아보고는 눈을 예리하게 뜨며 바라봤다.

"자네 따위의 힘이 그 아이에게 보탬이 된다고 생각하나?"

"어, 그건……."

"자네가 뭘 할 수 있지? 뭘 마련해 줄 수 있나? 그 아이가 무언가를 하고 싶다고 생각했을 때, 능력을 충분히 발휘할 수 있는 최선의 환경을, 혹은 그걸 위해 필요한 자금을 제공해 줄 수 있다는 건가?"

"…………."

아무것도 반박하지 못하는 야마토에게 레이지로가 말을 이었다.

"착각하지 말아 줬으면 하는데, 지금의 자네는 나에게는 유해한 존재에 불과해. 딸을 홀리는, 그냥 방해꾼이지. 사실은 즉시 배제하는 게 좋을 정도야."

그런 말까지 듣자, 야마토는 화내는 게 아니라 냉정해졌다. 왜

냐하면, 레이지로가 하는 말은 사실이라고 생각했기 때문이다.

지금의 야마토는, 자신에게 아무런 힘이 없다는 걸 잘 알고 있었다.

그럼에도, 최선을 다해 반박했다.

“그래도, 시라세는 그런 저와 함께 있고 싶다고 말해줬어요. 확실히 저는 지금 시라세를 위해 뭔가 할 수 있는 힘은 없지만, 그래도 그 곁에 있기 위해서라면 저는, 뭐든 할 각오가 있다고요.”

“그걸 위해 성장할 의지가 있다는 건가?”

“네!”

강하게 단언한 야마토를 앞둔 레이지로는 “흠.” 하고 맞장구를 치더니 사장 의자에 다시 앉으——려나 했지만, 실내 오른쪽에 준비된 회의용 공간으로 보이는 소파에 앉았다.

“이제야 본론으로 들어갈 수 있겠군. 자네도 맞은편에 앉게. 뭐, 희망한다면 서 있어도 상관없겠지만.”

“아뇨. 그럼 앉도록 하겠습니다.”

무슨 의도인지는 모르지만, 레이지로 주변 분위기가 다시 변했다.

속세에서 동떨어진 종잡을 수 없는 것에서, 갑자기 친근감이 드는 모습으로 변한 듯한……. 아무튼, 야마토는 그 변화가 곤혹스러웠다.

얌전히 맞은편에 앉자, 믿을 수 없게도 레이지로가 미소를 짓는 게 아닌가.

그리고 말했다.

"——그럼, 비즈니스 이야기를 해볼까."

"예? 비즈니스, 말인가요?"

여전히 곤혹스러운 야마토의 눈앞에 태블릿 단말이 나왔다.

그곳에는 예전에 세이라가 보여준 자료 말고도 다양한 기획안이 늘어서 있었다.

"이건, 시라세를 연예계에 입성시키는 이야기의 기획 자료네요. 어째서 이걸 지금 저에게?"

"그 반응, 이미 본 적이 있나 보군. 이 자료는 관계자 말고는 공유를 금지했을 텐데."

"저기…… 죄송합니다."

"뭐, 그건 넘어가고. 단도직입적으로 말하면 그거다. 자네는 세이라가 이 안건을 맡게 된다면, 좋은 결과를 남길 수 있다고 생각하나?"

"네. 가능하다고 생각해요."

"그 근거는?"

"시라세는, 저기, 뭐랄까……. 굉장히 요령이 좋달까. 뭘 하더라도 금방 능숙하게 해내고, 시라세의 언니도 말했듯이, 이른바 '천재' 라고 생각하니까요."

"호오. 그러고 보니 자네는 레이카와도 면식이 있었나."

"네. 그리고, 무엇보다——."

야마토는 쑥스러워하면서 시선을 돌리며 말했다.

"시라세는 어마어마하게, 귀여우니까요……."

그 아버지 앞에서 이런 말을 하는 건 대단히 부끄러웠지만, 그래도 야마토가 생각하는 근거 중에 제일 강한 포인트가 이것이었기에 여기서는 말하지 않을 수 없었다.

그러자 레이지로는 자기 턱을 매만지며 말했다.

"확실히 그 아이의 귀여움은 어마어마하지. 아무리 세상이 넓더라도 비견되는 사람은 아마 현존하지 않는다고 단언할 수 있을 정도의 레벨일 거다. 그야말로 미소녀라 할 수 있겠지."

"저기…… 네. 말씀하신 대로라고 생각해요."

무척이나 예상 밖의 대답이 돌아왔지만, 야마토에게 이의는 없었기에 동조했다.

레이지로는 고개를 끄덕이더니, 이어서 많은 기업명이 늘어선 화면을 보여줬다.

"이건?"

"이건 알기 쉽게 말하면, 세이라의 기획에 참가할 예정인 기획 일람이다. ――그리고 자네만 괜찮다면, 원하는 곳에서 일하게 해주려고 생각하고 있지."

"예……? ――아니, 어?!"

갑자기 터무니없는 이야기가 날아들었기에, 야마토의 사고는 정지되고 말았다.

그러나 레이지로는 아랑곳하지 않고 말을 이었다.

"그렇게 놀랄 일인가? 어디로 들어가든, 자네에게도 이익이 되는 이야기라고 생각하는데."

"무슨 이야기인지 잘 모르겠는데요……. 즉, 저보고 시라세의 백업을 하라고요?"

"아니, 그 형태를 강제할 생각은 없네. 다만 자네와 세이라가 서로 협력할 생각이라면 그런 형태를 취하는 것도 괜찮다고 생각하는데 말이지."

"어째서 갑자기 그런 말씀을? 당신은 저처럼 아무것도 없는 녀석이 시라세와 얽히는 게 싫다고 말씀하셨던 것 같은데요."

야마토가 계속해서 경계하면서 묻자, 레이지로는 장난스레 양손을 펼쳤다.

"나는 헛된 일은 싫어하지만, 의미가 있는 것은 이용하고, 투자도 하지. 딱히 이상한 일은 아니지 않나? 즉, 이건 종합적인 밸런스를 생각한 결과 나오게 된 행동인 거다."

"제가 시라세와 관여하는 것이, 당신에게도 메리트가 있다고 생각해 주셨다는 건가요?"

"올바르게 말하면, 그렇지는 않아. 이제부터 메리트가 되리라는 장래적 전망, 이른바 계산을 세웠다고 해야 할까."

"그, 그런가요."

지금까지의 대화에서 야마토가 뭔가 자신의 존재 가치를 제시한 건가 해서, 막연하게나마 희망이 들었다.

그러나, 레이지로는 그런 야마토의 심정을 내다본 듯 검지를 세우며 말했다.

"들떠 있는 것 같은데 미안하지만, 솔직히 말해서 지금도 자네 자체에는 아무런 가망도 보이지 않는 게 현실이다. 솔직히 기대할 수 있는 요소도 없지만, 성장하겠다는 자네의 의사 표시만큼은 받아들였으니 말이지. 그 대가를 주었을 뿐이야."

말투는 온화했지만, 말하는 것 자체는 흠씬 두들겨 패는 내용이었기에 야마토는 불쾌함을 드러내며 응시했다.

"그런 멍청이를 상대로 대단한 도박에 나서시다니 의외네요."

"멍청이라니, 참 정확하군. 하지만 뭐, 내가 도박을 건 건 자네이지만 자네가 아니야. 정확하게는 딸의—— 세이라의 '혜안'에 건 거지."

"시라세의 혜안…… 보는 눈, 말인가요?"

"그래, 맞네. 그 아이는 그 점에서도 천재거든. 오히려 그 점이 가장 무섭다고 할 수 있지."

그렇게 말하는 레이지로는 어딘가 먼 곳을 보는 것 같았다.

그로부터 야마토에게 시선을 돌린 레이지로가 다시 미소를 지었다.

"참고로, 자네가 여기서 일하는 시기가 고졸이든, 대학을 나와서든 전혀 상관하지 않아. 자유롭게 하게. 추천하는 건 적어도 일반적인 대학은 나오는 거겠지만 말이지."

거기까지 말한 레이지로가 일어나서 다시 사장 의자에 앉았다.

"자, 그럼. 비즈니스 이야기는 이걸로 종료. 시간은 줄 테니 천천히 생각해 보게."

"아뇨, 그건 알겠습니다만, 그럼 시라세의 전학은——."

"——세이라는 전학시킬 거다. 이건 결정 사항이야."

레이지로는 반론은 용납하지 않는 듯한 음색으로 단언했다.

그로부터 다시 말을 이었다.

“원래부터 지금의 고등학교에 있는 건 그 아이의 어리광을 받아준 것에 불과했으니까. 본격적으로 연예계 활동을 시작할 준비가 갖춰졌다면, 이야기가 다르지.”

그야말로 달라붙을 여지조차 없었다.

그렇다면 지금까지 했던 이야기는 뭘까? 야마토는 분노와도 같은 감정을 품었다.

“조금 전까지의 이야기를 들어보면, 당신은 딸을—— 시라세를, 소중히 여기는 것 같았어요. 하지만 지금은 또 그 아이가 슬퍼하는 이야기를 태연하게 하고 있죠. 저는 그걸 이해할 수 없어요.”

“나와 자네는 원래부터 서로를 받아들일 수 없어. 왜냐하면 나와 자네가 세이라에게 향하는 애정은 완전히 다른 종류니까.”

“그야, 당신은 부모님이고——.”

“아니, 그런 게 아니야. 자네가 사랑에 대가를 바라는 것과 달리, 나는 한없이 무조건적인 사랑에 가까운 감정을 품고 있으니까. 순수함이 전혀 다르지.”

“제가, 시라세에게 대가를 바라고 있다? 불순하다고, 말하고 싶으신 건가요.”

“그래, 맞네. 자네가 딸에게 보이는 감정은—— 애정은, 내가 보기에는 불순하기 그지없어. 왜냐하면 자네는 자신이 소중히 여기는 마음과 동시에, 상대도 자신을 소중히 여겨주기를 바라고 있지 않나? 그게 불순하다고 말하지 않고 뭐라 말하지?”

“그, 그건…….”

“하긴, 자네는 그 이전 문제인가. 자신의 마음에 해답조차 내지 못하고 있다면, 이런 이야기는 번지수가 틀렸을지도 모르겠군. 즉, 비교할 수 있는 무대에 오르지 못하고 있다는 거다.”

일방적으로 깔아뭉개는 듯한 말을 듣자, 야마토는 마음속에서 무언가가 뚝 끊어진 기분이 들었다.

“그런 건, 이미 해답은 나왔어.”

“호오?”

“그저, 아직 전하지 않았을 뿐이라고. 당신이 시라세를 곤란하게 만들지 않았다면, 그날에 확실히 전할 수 있었을 거야!”

“훗, 그런 것도 타인에게 영향을 받는가. 약자는 고생하는군.”

싸구려 도발이었지만, 지금의 야마토는 마음이 술렁거렸다.

“시끄러워. 불순한 게 뭔가 문제라는 거야. 내가 시라세에게 어울리지 않는 상대라는 건 나 자신이 제일 잘 알고 있어. 하지만, 시라세는 그런 나와 함께 있고 싶다고 말해줬으니까. 그래서 나는, 그런 시라세의 소원을 이루어 주고 싶어서…….”

“확실히 들은 적은 없었으니, 이 기회에 물어보기로 할까. 딸은 자네에게 무엇을 부탁했나?”

야마토는 잠시 말할까 주저했지만, 이윽고 조용히 입을 열었다.

“전부 그만두고, 내던지고, 저와 함께 평범한 학교 생활을 보내고 싶다고…… 그저, 그것뿐이에요.”

그 말을 듣자, 레이지로는 낙담한 듯 한숨을 쉬었다.

"꿈같은 이야기군. 그 아이는 어떻게 해도 평범하게는 될 수 없건만."

"그렇지는——."

"맞지 않나? 그 아이는 천재야. 뭔가를 하면 주목을 모으고, 아무것도 안 해도 주목을 받지. 그렇기에 본인은 주변을 멀리하게 되었지만, 그 아이가 고립되어 있다면 그건 이미 특별한 거다."

"…………."

"들었네. 고등학교에서 그 아이에게 붙은 별명을. —— '성녀' 였던가. 거창한 별명이야. 평범한 여고생에게는 도저히 어울리지 않는 이름이지."

반박할 말이 떠오르지 않았다.

생각해 보면, 시라세 세이라는 완벽할 만큼 평범하지 않았다.

특별했다.

그건 야마토에게만 그렇다——고 생각하고 싶었지만, 시라세 세이라는 어디에서 무엇을 하든, 누구의 눈으로 봐도 평범하지 않았다. 그건 즉, 특별했다는 거다.

그러니 역시, 야마토는 반박할 말을 찾을 수가 없었다.

"흠. 나도 심술이 좀 과했던 모양이군. 그 점에 관해서 보충하자면, 올바르게는 '평범함이란 존재하지 않는다' 라는 게 나의 의견이다."

"평범함이란, 존재하지 않는다……?"

"그래. 모두가 누군가에게는 특별하지. 그건 능력의 유무와는 상관없는 일이야."

"그런 건, 궤변이잖아요."
"그러니 말하지 않았나. 평범함을 바라는 건 꿈같은 이야기라고. 애초에 고등학생 남녀가 심야의 거리를 배회하는 게 평범한 고등학교 생활일 리가 없을 텐데?"
"알고 계셨네요. 밤에 뭘 하는지."
"당연하지. 사랑하는 딸의 일이니까."
여유로운 미소를 지은 레이지로가 부드럽게 말했다.
반면, 야마토는 이미 전학의 철회는 바랄 수 없다는 걸 깨달아서 완전히 의기소침해지고 말았다.
그런 야마토에게 레이지로가 설득하듯 말했다.
"하지만 세이라가 누구보다도 특별하다는 점에 관해서는 강하게 지지하고 싶군. 이건 부모의 편애도 있겠지만, 그 아이는 진짜야. 진짜 천재지. 무엇보다도, 보는 눈이 있어."
"…………."
지금의 야마토에게 레이지로와의 대화는 이미 무의미해 보였다. 그래서 반박할 말도 찾을 수 없었고, 지금은 전부 포기하고 이 방을 나가지 않게 참는 것만으로도 힘들었다.
그걸 짐작했는지, 레이지로가 다시 말을 이었다.
"조금 전, 딸의 '혜안' 이야기를 했지? 실은 옛날부터 거래처 중진이 모이는 파티에 몇 번 동석하게 했다."
"예……?"
"그 아이가 거기서 말하더군. '흥미 없다' 라든가 '의미는 있다' 라고 말이지. 그리고 실제로 그 아이가 조금이라도 흥미를 보인 안건―― 상대와 거래해 보니 기획은 순식간에 대성공. 반대로 그 아이가 조금도 흥미를 보이지 않던 상대의 기획은 죽도 밥도 되지 못한 결과로 끝나고 말았네. 굉장하다고 생각하지 않나?"

"즉, 초능력이 있다는 이야기인가요?"

야마토가 어이없어하며 묻자, 레이지로는 흥분한 기색으로 고개를 좌우로 내저었다.

"그런 게 아니야. 단순하게 그 아이는 그런 것을 보는 눈이, 혹은 후각이 있다는 이야기다. 아마 상대가 하는 말 한마디 한마디나 내용의 정합성을 통해 인격을 포함한 여러 판단을 내린 게 아닌가 생각하는데 말이지. 물론 옛날부터 세상 정세나 트렌드 같은 건 알려줘 왔으니까, 그런 요소도 합산해서 생각하고 있었을지도 모르지만."

"확실히 시라세는 굉장하지만, 딱히 완벽하지는 않아요……. 방향치이기도 하고."

대화를 이어가고 싶지는 않았지만, 세이라 이야기라면 끼어들고 싶은 것이 야마토다.

그런 야마토를 본 레이지로가 유쾌한 듯 말했다.

"다만 사람이나 사물을 보는 눈은 있다. 그건 틀림없어. 그렇기에, 어중이떠중이에게는 흥미를 보이지 않는 거겠지. 실제로 나도 좋아하지는 않으니까. 결국 범부의 그릇이라는 거다."

"확실히 레이지로 씨를 좋아하지는 않는 모양이지만, 싫어하지도 않는다고 하던데요."

야마토가 커버할 생각으로 말하자, 의외로 레이지로는 쇼크를 받은 듯 머리를 감싸 쥐었다.

"그 아이가 그렇게 말했다면, 매우 유감이군. 역시 나도 그 정도였다는 건가."

"미움받지 않는다는 게 불만이신가요?"

"아니 뭐, 좋지도 싫지도 않다는 건, 다시 말해 무관심하다는 거니까. 그 아이는 나에게 조금도 흥미가 없다는 뜻이 아닌가."

"그런 이야기는 아닌 것 같았는데요."

뭐, 아무래도 좋으니 내던지고 싶은 기분은 든다.

그러나 세이라가 그 정도로 사람 보는 눈이 있다면, 한 가지 의문이 남는다.

(어째서 시라세는 나 같은 녀석과 함께 있는 걸까……?)

게다가 야마토를 대할 때는 명백하게 호의적으로 보인다. 실제로 세이라는 함께 있고 싶다는 말까지 해줬다. 그렇기에 야마토는 레이지로의 말을 의심스럽게 여겨서 아무렇지도 않게 입을 열었다.

"뭐, 그렇게 침울할 필요는 없지 않을까요. 시라세는 저 같은 인간과 함께 있어 줄 정도니까, 실은 그렇게까지 깊이 생각하지는 않고 있을지도 몰라요."

"그것이 나도 납득이 안 가는 부분이지. 그 아이가 눈여겨볼 구석이 자네에게 있다고는 도저히 생각할 수 없어. 하지만, 그 가능성에 걸어보고 싶었기에 나는 자네에게 비즈니스 이야기를 꺼낸 거라네."

"아니, 애초에 눈여겨볼 구석이라니, 그런 게 아니고요……."

쑥스러워하는 야마토를 본 레이지로가 불쾌한 듯 눈살을 찌푸렸다.

"자네의 풋풋함을 보고 있으면, 이건 동족 혐오라고 해야 할까. 아무튼 씁쓸한 기분이 드는군."

"저와 레이지로 씨는 동족이 아닌 것 같은데요."

"범부라는 의미로는 똑같지. 어느 쪽이든 딸 같은── 세이라 같은 존재와는 크게 달라. 그것도 뭐, 내 눈으로 봐서 하는 말이지만."

"그런 건가요."

납득은 가지 않지만, 반론해도 소용없다고 생각한 야마토는 얌전히 맞장구를 쳤다.

"자, 이야기는 끝났다. 아무튼 세이라의 전학은 결정 사항. 비즈니스 건은 차분하게 고민해 주길 바라네."

"알겠습니다. 이만 실례하겠습니다."

마지막으로는 일방적으로 말을 끝냈기에, 야마토는 어깨를 떨구면서 사장실을 나왔다.

엘리베이터를 기다리는 사이, 야마토는 자신이 한심해져서 자연스레 한숨을 쉬었다.

"하아……. 시라세에게 뭐라고 말하지."

솔직히, 세이라를 볼 낯이 없다.

그렇지만, 언제까지고 기다리게 할 수는 없다.

일단 표정을 다잡은 야마토는 엘리베이터에 탔다.

7화 노벰버/노 스노화이트 릴리

옥상에 도착해 보니, 그곳은 전망대였다.

따뜻한 색조의 불빛이 발밑을 비추고, 주변에는 밤거리가 펼쳐져 있다.

그런 가운데 세이라는 혼자 서 있었다.

그 등이 쓸쓸해 보였기에, 야마토는 저도 모르게 내달렸다.

"시라세."

말을 걸자, 세이라는 곧장 돌아봤다.

"아, 야마토. 어서 와. 어땠어?"

세이라는 여느 때처럼 덤덤하게 물었고, 그래서 야마토도 자연스럽게 대답할 수 있었다.

"미안해. 잘되지는 않았어."

"그렇구나. 고마워."

"어째서, 감사 같은 걸……."

이렇게나 바로 받아들인다면, 마치 세이라는 잘되지는 않으리라는 걸 미리 알았던 것처럼 느껴졌기에, 야마토의 말에는 무심코 가시가 돋치고 말았다.

그러나 세이라는 신경 쓰는 기색을 보이지 않고 말했다.

“그치만, 야마토는 열심히 해줬으니까. 나는 그게 기뻐.”

“그렇구나. 미안.”

“왜 사과하는데? 나는 감사하고 있는데.”

“그러게. 이제 사과하지는 않을게.”

야마토가 미소를 지으며 말하자, 세이라는 고개를 끄덕였다.

그로부터 세이라는 밤하늘을 올려다보며 호오~ 하고 숨을 내쉬었다.

그 숨결은 하얀 안개가 되어서, 겨울의 도래를 한발 먼저 알리고 있는 것 같았다.

“숨, 하얗네. 이제 겨울이구나~.”

“아직 11월이지만.”

“올해는 눈, 내리려나.”

“작년에는 내렸었지. 그럭저럭 쌓였던 것 같기도 해.”

“나, 겨울 태생이니까 이 시기가 되면 두근두근해.”

“밤도 길어지니까. 그보다, 시라세의 생일은 언제인데?”

“12월 24일.”

“어? 크리스마스 이브야?!”

“맞아맞아. 그래서 어린 시절에는 2일 연속으로 산타에게 축하받았어.”

“그 말은 대체 뭐야……?”

“내 이름 ‘세이라(聖良)’도 거룩한 밤에 태어났으니까 붙은 모양이고, 여러모로 인연이 있단 말이지~.”

“나도, 올해는 축하하고 싶어.”

"응. 해줬으면 좋겠어. 해줬으면 좋겠네……."

세이라는 희미하게 말하고는, 표정을 찡그리더니——.

"——에취!"

작게 재채기했다.

한순간 우는 것처럼 보였지만, 그건 아닌 모양이었다.

하지만 그렇게 보이고 말았기에, 야마토는 저도 모르게 그 손을 잡았다.

놀란 세이라와 눈이 마주치자, 뭐라고 말해야 할지 당혹스러웠다.

그러나, 야마토는 곧장 결의를 다지고 말했다.

"시라세, 나랑 같이 도망치자."

"아, 응. 알았어."

"괜찮아?"

"괜찮아. 야마토와 함께라면."

"고마워."

즉흥적으로 말해버렸는데, 세이라는 아무 말도 묻지 않고 수락해 주었다.

그게 기뻤던 야마토는 세이라의 손을 잡아당기고 달렸다.

도망친다는 건 말 그대로, 부모님의 손이 닿지 않을 만큼 멀리 도망치자는 뜻이다.

결국은.

"이런 거, 사랑의 도피라고 하는 걸까? 아니면 야반도주?"

엘리베이터에 타자, 세이라가 태평하게 말했다.

아무래도 세이라는 그 의미를 확실히 이해하고 있으면서도 따라오는 모양이다. 그게 기뻤던 야마토는 가슴이 크게 울리는 걸 느꼈다.

"그, 글쎄……. 그보다 내가 말하기도 좀 그렇지만, 시라세는 무척이나 차분하네. 꽤 깜짝 놀랄 줄 알았는데."

"확실히 놀라기는 했지만, 그보다도 두근두근하니까. 게다가 야마토와 함께 있을 시간이 줄어드는 건 나도 싫었고."

"그, 그렇구나."

야마토는 쑥스러워하면서도 그 손을 더욱 꽈악 잡았다.

엘리베이터가 현관에 도착하자, 접수대에 방문자 출입증을 반납하고 빌딩을 나왔다.

일단 가장 가까운 역에 도착했을 때, 세이라가 입을 열었다.

"있잖아. 일단 짐을 가지러 호텔에 들러도 돼?"

"응, 그래. 나도 집에 들러야겠어. 갈아입을 옷이라든가 이것저것 준비해야 하니까."

"그럼, 한 시간 뒤에 역에서 만날까."

"그러자. 집을 나오면 다시 연락할게."

"네~에."

야마토와 세이라는 마치 여행 약속이라도 잡았다는 듯이 예정을 상의하고 헤어졌다.

집에 도착하고 나서는 통장 등 필요한 것을 등산용 커다란 가방에 넣고, 움직이기 편한 민무늬 운동복과 데님 팬츠로 갈아입고 나서 위에 재킷을 걸쳤다.

그로부터 어머니 앞으로『미안해. 시라세와 멀리 나가기로 했어. 종종 연락하겠습니다.』라는 메모를 남겼다. 쓰는 도중에는 손이 떨렸다.

"엄마, 정말로 미안."

그렇게 혼잣말을 남긴 야마토는 집을 나섰다.

오후 일곱 시.

가장 가까운 역에 도착한 야마토는 조마조마한 마음으로 세이라의 모습을 찾았다.

"어~이."

태평한 목소리가 들려서 돌아보자, 그곳에는 캐리어 케이스를 끄는 세이라의 모습이 있었다.

하얀 니트 위에 베이지색 판초를 걸치고, 데님 롱스커트와 무톤 부츠를 맞춘 그 코디는 묘하게 남심을 자극하는 귀여움이 있었다.

하지만, 그보다도 먼저.

"어, 어떻게 된 거야? 그 뺨?!"

세이라의 왼뺨에 따귀를 맞은 듯한 흔적이 있고, 빨갛게 부어 있었다.

"언니한테 따귀를 맞았어. 호텔을 나갈 때 마주쳐서."

"도피하는 게 들켰다는 거야?!"

"모르겠어. 어디로 가는지 물어봤을 때는 '언니하고는 상관없어' 라고밖에 말하지 않았지만, 그쪽은 굉장히 화냈으니까 아마 짐작하기는 한 것 같아."

"그, 그런가. 아파……?"

"아파~. 위로해 주면 좋을지도."

"그래그래. 귀여운 얼굴이 부어버렸네."

뺨을 매만지자, 세이라는 기분 좋은 듯 눈을 감았다.

"이대로 잘 수 있을지도."

"좋아, 저쪽 가게에서 아이스크림을 사자. 식히는 데 써야지."

"뭐~? 먹는 게 좋아."

"그럼, 먹는 용도로도 살까."

"좋았어~."

그렇게 가게에서 아이스크림을 산 두 사람은 전철을 탔다.

좌석에 앉을 수 있었기에, 야마토는 스마트폰을 꺼내서 이것저것 조사하기 시작했다.

참고로 야마토는 집합 시간이 되기 전에 미리 행선지를 정해두고 있었다.

일단 목적지는 야마토가 옛날 가족끼리 캠핑하러 갔던 곳이다. 사실은 어딘가 호텔에서 묵는 게 무난하지만, 첫날이 그래서는 재미없다고 생각했다.

목적지까지 걸리는 시간은 전철과 고속철도를 갈아타며 두 시간 정도.

역에서 조금 시간은 걸리지만, 캠프장에는 이미 연락을 넣어놨다.

그 개요를 세이라에게 이야기하자, 세이라는 조금 곤란한 기색으로 말했다.

"서두르다 보니 목욕을 못 했거든. 캠프장에 샤워기 같은 건 있으려나?"

"아니. 캠프장에는 없지만, 꽤 가까운 곳에 온천이 있었을 거야. 들렀다 갈까?"

"어? 온천이 있어? 좋았어~ 가자가자."

기뻐하면서 들떠 하는 세이라를 보니, 야마토의 마음도 편해졌다.

오늘은 평일이고, 내일도 원래는 학교에 가야 하지만, 이런 시간에 세이라와 둘이서 멀리 나가는 상황은 틀림없이 이레귤러다.

게다가 돌아올 예정은 없다.

솔직히 불안한 마음이 더 크다. 세이라의 언니, 레이카에게는 이미 두 사람이 사랑의 도피에 나선 걸 들킨 거나 다름없으니, 예를 들어 경찰에 수색 요청을 하거나 하면 끝장이다. 게다가 고등학생 둘이서 주거지를 계약할 수 있을지도 알 수 없다.

여름방학 중에 세이라를 만나지 못하는 시간을 써서 알바를 마구 뛰었기에 저금은 있지만, 이것도 바닥을 드러내는 건 시간문제다. 일할 곳도 찾아야만 한다.

그 밖에도 문제는 산더미 같다. 자기가 생각해도 계획성이고 뭐고 없는 무모한 여행이기는 했지만, 야마토의 마음은 어째서인지 차분했다.

일단 야마토는 눈앞의 문제에 전념하고자 억지로 생각을 바꾸기로 했다.

그렇게 두 시간 정도 이동을 거쳐서.

창문에서 보이는 경치가 완전히 산뿐이 되었을 때, 목적지인 역에 도착했다.

전철에서 내리자, 변경의 땅 같은 풍경이 펼쳐져서 어쩐지 불안했다.

여름방학 때 바다에 왔을 때와는 기분부터 크게 다르다. 그때는 이러니저러니 해도 마음 편히 여행할 수 있었다는 것을, 야마토는 이때가 되어서야 실감했다.

"우와~ 어둡네. 게다가 도쿄보다 훨씬 추워."

"캐리어는 내가 끌게. 그리고 손을 잡을까. 추우니까."

"고마워. 나도 손, 잡고 싶어."

불안함을 메우려는 듯이 서로 열기를 확인하면서 손을 잡고, 플랫폼을 내려갔다.

주변 일대에 건물이라 부를 만한 건 거의 없고, 울창하게 우거진 나무들과 멀리 보이는 산만이 시야에 비친다. 도회지에서는 있을 수 없는 광경이다. 역에서 온천이나 캠프장으로 향하는 버스가 있었지만, 시간표를 보니 한 시간이나 기다려야 해서 어쩔 수 없이 걸어가기로 했다.

전철을 타는 도중에도 그랬지만, 걷는 도중에 세이라는 아버지 레이지로와의 대화 내용을 전혀 물어보지 않았다.

분명 세이라도 나름 배려하고 있는 것이리라. 야마토는 막연하게 그런 생각을 했다.

그로부터 20분 정도 산길을 걷자, 겨우 온천을 경영하는 시설에 도착했다.

"겨우 도착했네. 뭔가 땀도 흘렸으니까, 이거라면 온천에도 기분 좋게 들어갈 수 있을 것 같아."

"하아, 하아……. 그러게."

익숙하지 않은 산길을 걸은 탓에 숨을 헐떡이는 야마토와는 달리, 세이라는 그다지 피곤해 보이지 않았다. 다시금 스태미나 차이를 실감하게 된 것 같았다.

입욕의 최종 접수 시간에는 아슬아슬하게 늦지 않았는지, 로커에 짐을 놓고 나서 탈의실 앞에서 헤어지게 되었다.

"여기는 혼욕이 아니구나."

"당연하잖아?!"

"노천탕 같은 게 있으면 말을 걸 테니까, 반응해 줘야 해?"

"초등학생이냐고……. 다른 사람이 있을지도 모르니까 너무 큰 소리는 내지 마."

"네~에."

그렇게 남녀 별도의 가림막을 지나, 야마토는 탈의실에서 타월 한 장 차림이 되어 온천으로 향했다.

아무래도 실내 목욕탕은 없는지, 샤워기 같은 것도 모두 바깥에 설치되어 있었다.

시간이 늦기도 해서 탕에는 노인이 몇 명 있을 뿐이었다. 그래도 목소리를 내면 폐가 된다는 건 변함없지만.

일단 야마토는 머리와 몸을 씻고 나서 욕조에 들어갔다.

"크하아~."

적절하게 뜨거운 탕이 피곤한 몸에 스며들면서 편안한 시간이 찾아왔다.

근처에 흐르는 강이나 산들을 바라볼 수 있는 경치도 근사했다. 오늘 하루의 이런저런 일들을, 지금만큼은 머리 한구석으로 쫓아낼 수 있을 것 같았다.

머리 위에는 보름달이 반짝이고 있어서, 그야말로 행복의 한때를 맛보——.

"야마토~ 들려~?"

그때, 벽을 사이에 둔 건너편에서 목소리가 들렸다.

이건 세이라의 목소리가 틀림없다. 야마토의 이름을 부르고 있으니까.

지금 건너편에는 실오라기 하나 걸치지 않은 모습의 세이라가 있다고 생각하니, 야마토는 선정적인 마음이——.

"야마토~? 없어~?"

망상 타임을 깨부수는 태평한 목소리가 계속 들리자, 야마토는 부끄러움에 머리를 감싸 쥐면서 어쩔 수 없이 대답했다.

"들려~. 다른 사람도 있으니까, 이제 소리는 내지 말라고~."

"알았어~."

욕조에 잠긴 노인들은 흐뭇한 표정이나 민폐라는 표정을 보내왔다. 반응은 제각각이다.

"있잖아, 야마토~. 달이 아름다워~."

(전혀 알아듣지 않았잖아…….)

“이쪽에서도 보고 있어~ 확실히 아름답네~. 근데, 이제 말 안 할 거야~.”

그렇게 말하자, 대답은 돌아오지 않았다.

그게 묘하게 신경 쓰여서, 천천히 몸을 담그고 있을 생각이 들지 않았다.

슬슬 몸이 달아올라서, 야마토는 빨리 나가기로 했다.

탈의실에서 갈아입고 나서 드라이어로 머리를 말리고, 포렴을 지나 로비로 나왔다.

아직 세이라는 나오지 않은 것 같아서, 미리 과일 우유를 사서 마셨다.

“음~ 맛있네. 목욕하고 나와서 마시는 한 잔은 각별하다니까.”

그로부터 의자에 앉아 10분 정도 기다렸다.

슬슬 폐관 시간도 다가올 무렵, 세이라가 탈의실에서 나왔다.

목욕하고 막 나와서 김이 나고, 머리가 살짝 젖은 세이라는 묘하게 색기가 있었다.

까놓고 말해서, 보기만 해도 흥분하고 말았다.

“기다렸지~? ——아, 야마토. 코피 나고 있어. 너무 오래 있었어?”

“어? 이런! 티슈나 손수건을 꺼내야겠어!”

허둥대면서 티슈로 코를 막고, 긴 의자 위에 앉아 몸을 젖혔다.

한심하기도 하고 부끄러워지기도 한 야마토가 침묵하자, 세이라가 어묵을 한 손에 들고 옆에 앉았다.

“괜찮아? 뜨겁지 않아?”

세이라가 하늘하늘 손부채를 부쳐주면서 걱정스레 물었다.

"그, 그래……. 괜찮아."

그 모습은 무척이나 색기 있어서, 도저히 눈을 마주칠 수 없었다. 유카타가 아닌 것만이 구원이었다.

"목욕하고 나온 모습은 역시 자극이 강했던 걸까?"

갑자기 세이라가 놀리는 톤으로 말하자, 야마토는 팔로 두 눈을 가렸다.

"아, 과일 우유다. 한 모금 마셔야지."

"어, 잠깐——."

일어났을 때는 이미 세이라가 입을 대고 있었다.

야마토는 다시 얼굴이 뜨거워지는 걸 느끼면서 긴 의자에 쓰러졌다.

"딱히 상관없잖아. 이제 와서 신경 쓰지는 않아."

"아니, 신경 쓰이잖아……."

"뭐, 상관은 없지만. 그보다 온천에 들어갔더니 뺨의 부기가 빠졌어~. 이제 모르겠네."

"그렇게 심하게 붓지도 않았으니까. 뭐, 바로 식힌 덕분일지도 모르겠지만."

"뭐~? 무조건 온천의 효능이라니까~."

"그래그래."

그렇게 한동안 휴식한 뒤, 두 사람은 온천을 나왔다.

그로부터 도보로 10분 정도.

목적지인 캠프장에 도착한 두 사람은 접수를 마쳤다.

사전에 예약하기도 했고, 대표자인 야마토가 부모 동의서를 준비해 놓기도 해서 어떻게든 수속을 마칠 수 있었다.

덤으로 장작을 사고 나서 접수대 카운터를 나오자, 세이라가 의아한 듯 말했다.

"굉장하네. 요코한테 허가를 받았구나."

"받았을 리가 없잖아."

"어? 그래도 부모 동의서를."

"동의서를 인쇄해서 멋대로 도장을 찍은 거야. 앞으로 필요해질 것 같아서."

"오오~ 제법이네."

"감탄해도 곤란한데 말이지."

이걸로 야마토는 노래방에서 밤새는 세이라에게 잔소리할 수가 없게 되었다.

그렇지만 야마토도 이것저것 가릴 수 없었던 건 사실이다.

"그리고 캠프장이라고 해도 불을 피우고 싶으면 직접 켜야만 하고, 텐트 설치도 알아서 할 필요가 있어. 은근히 중노동이고, 어느 정도는 시라세도 도와줘야 해."

"맡겨둬. 이런 건 두근두근하니까."

"무척 믿음직하네……. 그래도 멋대로 멀리 가거나 하지는 말라고? 이동이 필요한 일은 내가 할 테니까. ――아, 화장실은 바로 근처에 있으니까 나중에 안내할게."

"야마토야말로 믿음직하잖아."

"앞으로는 좀 더 정신 똑바로 차려야 하니까."

야마토는 그게 이런 무모한 도피행에 데려온 사람의 책임이라고 생각하고 있었다.

그렇게 의욕을 내는 야마토의 손을 세이라가 꼬옥 잡았다.

"시라세?"

"추웠으니까. 그리고, 장작은 나도 들게."

"알았어."

그렇게 캠프지에 도착하고 나서 텐트 설치를 시작했다.

주변은 깜깜해서, 야마토가 지참한 캠프용 라이트를 근처에 놓고 묵묵히 작업을 진행했다. 평일이기도 해서, 다른 이용객이 없었던 모양이다. 한산한 숲 경치는 쌀쌀하고, 불안감을 조장한다.

야마토가 옛날에 왔을 때는 좀 더 편하게 느껴지는 곳이었던 것 같지만, 그때는 계절이 여름이어서 그럴지도 모른다. 적어도 상상했던 것과는 많이 달랐다.

그렇지만 이제 와서 후회해도 별수 없기에, 야마토는 한결같이 작업을 진행했다.

"——좋아, 다됐네."

스마트폰으로 방법을 조사하면서 세이라와 협력하기도 했기에, 텐트 설치는 무사히 완료되었다.

그제야 깨달았는데, 텐트는 작은 것 하나밖에 가져오지 않았다.

즉, 야마토와 세이라가 자려면 이 안에서 같이 자야 한다는 것이고…….

"야마토~ 불 세기는 어느 정도로 할까?"

"어?!"

그런 생각을 하던 중 말을 걸어왔기에, 야마토는 얼빠진 소리를 냈다.

"왜 그래?"

"아, 아니, 아무것도 아니야. 불을 피우는 건 내가 할게. 다소의 조리하고, 나머지는 우리가 따뜻하기만 하면 충분하니까."

"그러게~. 그럼 맡길게."

그렇게 야마토가 스마트폰으로 불 피우는 법을 확인하면서 고생하기를 십여 분.

겨우 불이 붙었고, 두 사람은 몸을 데울 수 있었다.

레저 시트 위에 앉아서 둘이 서로 몸을 기댔다.

"따스하네."

"그러게."

"배고파."

"조금 지나면 작게 냄비 요리를 할 생각이야. 일단 집에서 조리도구와 식기를 가져왔으니까."

"좋았어~."

"부족하면 인스턴트라도 먹자."

"응. ――그나저나, 자연 속이라는 느낌이네."

세이라의 말처럼, 두 사람은 그야말로 자연 속에 있었다.

머리 위에 있는 밤하늘이 굉장히 넓게 느껴진다. 맑은 하늘에는 달과 별들이 반짝반짝 빛나고 있어서, 이곳이 도회지가 아니라는 걸 새삼 의식하게 되었다.

거기에 모닥불을 피워서 주변을 비추자, 이곳이 넓은 숲속이라는 걸 재인식하게 되어서 속세에서 동떨어진 곳에 왔다는 걸 한층 더 실감할 수 있었다.

이 세상에 야마토와 세이라밖에 없다.

야마토가 그런 착각을 일으킬 정도로는 불안감을 느끼고 있었다.

이건 틀림없이 자신들이 바란 일이건만.

——꼬르륵~.

거기서 세이라의 배에서 소리가 났다.

“배고파.”

“그러게. 밥 먹자.”

“응.”

솔직히 이대로 가면 점점 쓸쓸한 기분에 침식될 것만 같았기에, 세이라의 뱃소리에는 감사하고 싶을 정도였다.

야마토는 가방에 채워둔 닭고기 든 냄비 요리 세트를 지참한 더치 오븐 안에 넣고 그대로 불로 가열했다.

무척이나 조잡한 조리 방법이지만, 야마토는 처음이라면 이런 법이라고 자신을 납득시켰다.

포트에 넣은 따스한 차를 재탕해서 마시며 기다리기를 몇 분.

“슬슬 됐으려나.”

더치 오븐의 뚜껑을 열자, 증기와 함께 흐물흐물 익은 닭고기 냄비 요리가 모습을 드러냈다.

"오오~ 맛있어 보여."

야마토는 감동하는 세이라를 곁눈질하며 기분 좋게 그릇에 담았다.

이 야마토 특제 닭고기 냄비 요리는 닭고기 말고는 배추와 간단한 조미료로 간을 낸 수프가 있을 뿐이지만, 대자연 속이라는 시추에이션과 어우러져서 무척 맛있게 보였다.

"자, 많이 먹어."

"잘 먹겠습니다~."

세이라가 바로 닭고기를 입에 넣자, 하후하후 뜨거워하면서도 "음~." 하고 맛있게 몸을 떨었다.

야마토도 닭고기를 먹자, 싱거우면서도 탱탱한 식감이 입안에 퍼졌다. 이어서 숟가락을 입에 넣자, 천천히 스며드는 맛이 몸을 심지부터 뜨겁게 데워줬다.

원래 두 사람이 공복이기도 했기에, 무척이나 맛있게 느껴졌다. 이 닭고기 냄비 요리 자체는 전혀 수고가 들지 않았건만, 참으로 신기한 일이었다.

"맛있네. 이게 대자연의 힘이라는 건가."

"역시 요리는 먹는 사람과 장소가 중요하네."

"그러게. 정말 시라세와 있으면 그걸 실감할 수 있어."

자연스레 야마토가 그런 말을 입에 담으면서 문득 옆을 보자, 세이라가 얼굴을 빨갛게 물들이고 있었다.

"이제 와서 쑥스러워하지 말라고……."

"쑥스러운 거 아니야."

"그러십니까."

어째서인지 야마토까지 부끄러워져서 얼버무리듯이 숟가락을 홀짝였다.

그로부터 두 사람은 순식간에 닭고기 냄비 요리를 정리했고, 덤으로 가져온 소금 라멘(인스턴트)까지 먹고 나서 첫 캠프 요리를 끝냈다.

뒷정리하는 도중, 세이라가 문득 물었다.

"야마토가 전에 캠프했을 때는 요우랑 둘이서 왔어?"

"아니, 그때는 아버지도 있었으니까 세 명이었는데. 그게 왜?"

"아니야, 왠지 궁금했을 뿐이야. 야마토의 아버지는 어떤 사람이었는지 물어봐도 돼?"

세이라가 이렇게 가족 일을 파고드는 건 드물다. 뭔가 심경 변화가 있었을지도 모른다.

숨길 필요도 없기에, 야마토는 적당히 대답했다.

"물론. 뭐, 우리 아버지는 평범한 사람이었지. 내가 아직 초등학생 정도일 때 부모님이 이혼하고 나서는 그다지 만나지 못했지만, 평범하게 다정하고, 평범하게 좋은 아버지야."

"그렇구나. 야마토네 집도 큰일이었네."

"뭐, 엄마는 큰일이었지. 혼자서 나를 기른 셈이니까. 그 점에서 나는 딱히 아무것도 고생하지 않은 것 같기도 해."

"그렇구나."

흔히 있는 가족 이야기였지만, 그래도 세이라는 만족한 눈치였다.

야마토는 그게 기쁘기도 하고, 동시에 조금 쑥스럽기도 했다.

뒷정리를 얼추 마친 뒤에는 둘이서 시트 위에 나란히 앉았다.

머리 위의 별하늘을 질리지도 않고 바라보는 세이라의 옆얼굴을 본 야마토는 천천히 입을 열었다.

"시라세는, 아버지에 대해 아무것도 묻지 않네. 게다가 불평 한마디도 없어."

그러자, 세이라는 별하늘을 바라본 채 대답했다.

"불만?"

"아니, 나에게 불만은 없어. 다만 시라세가 본심으로는 어떻게 생각하는지 신경이 쓰였거든. 이 도피행에 찬성하는지, 반대하는지…… 같은 것도."

야마토는 이 질문은 치사하다고 생각하면서도 그런 마음을 토로했다.

세이라는 여전히 머리 위를 바라본 채 답했다.

"찬성이라든가 반대라든가, 생각해 본 적은 없어. 그저, 우리 집 사정에 야마토를 끌어들였으니까 미안하다는 생각은 들어."

"그렇구나."

"응."

그런 말을 듣자, 야마토는 어깨의 짐이 가벼워지는 기분이 들었다.

그래서인지.

"시라세의 아버지, 어른이라는 느낌이더라. 아마 줄곧 그쪽 페이스로 이야기가 진행된 것 같아."

정신이 들자, 야마토는 그런 말을 꺼내고 있었다.

물어보지 않는 한 말하지 않겠다고 결심했었는데, 자신의 약함을 절실하게 실감하게 된다.

"우리는 아직 어린애니까."

"그래. 이번 대화에서 어찌할 수 없이 통감하게 된 것 같아. 게다가 그쪽은 내 사정까지 감안하고 제안을 하더라. 정말, 못 당하겠다고 생각했어."

"그러니까 도망치려고 한 거야?"

"그래, 맞아. 그쪽 생각처럼 될 바에는, 해서 말이야. ……한심하네."

그러자 세이라는 고개를 좌우로 내저었다.

"나도 도망친 쪽이니까, 마음은 이해해."

세이라는 자신의 중학교 시절 일을 말하는 것이리라. 확실히 '도망쳤다' 라는 의미는 똑같을지도 모른다.

"하지만 나는 아마 혼자였다면 도망치려고 생각하지 않았을 거야. 그저 생각하길 포기하고, 상대의 말대로 따랐겠지. 나는 말이지, 그렇게 약한 사람인 거야."

세이라가 한 마디도 책망하지 않아서 대신 자학해 봤다.

그 행위에 무슨 의미가 있는지도 알지 못한 채, 야마토는 그저 자기혐오에만 물들어 갔다.

거기서 세이라가 시선을 돌리며 훗, 하고 웃었다.

"약해도 괜찮잖아. 나는 그 약함에 구원받았어."

"어?"

생각지도 못한 말에 동요하자, 세이라는 속삭이듯이 말을 이었다.

"야마토는 내 앞에서 도망치지 않고, 나와 함께 도망쳐 줬어. 그러니까 나는 이미 충분히 행복해."

"시라세……."

저도 모르게 끌어안고 싶었다.

사랑스럽고, 소중해서.

그러나, 이 상황에서 그러는 건 비겁한 것 같아서.

야마토는 도저히 움직이지 못했다.

세이라는 그런 야마토를 보며 여전히 미소를 지었다.

"그리고 말이지. 야마토는 아버지가 강한 사람이라고 생각하는 모양이지만, 그렇지도 않아."

"그건 무슨……?"

"돈과 지위가 있다는 것 말고는, 의외로 우리와 다르지 않다는 거야. 힘이 있는 사람이 강한 건 아니니까."

"그럴까?"

"응. 다들 필사적으로 그렇지 않은 것처럼 꾸미고 있을 뿐이야. 아버지가 나를 볼 때는, 언제나 이해할 수 없는 걸 보면서 무서워하는 것처럼 보였으니까."

그렇게 말할 때도 세이라는 덤덤했다.

그 모습은 야마토가 아는 세이라와는 조금 달라 보였다.

"역시, 시라세는 굉장하네. 나에게는 안 보이는 것도 잘 보이는 것 같고."

"그럼~ 나만 특별하다는 걸로 할까?"

"그, 그런 말투는…… 뭔가, 싫네."

그렇게 말하면 세이라만 고립되는 것 같아서 아무래도 마음에 들지 않았다.

"그래도, 그런 법이잖아? 아버지도 말했겠지만, 나는 평범한 사람과는 다른 천재인 모양이니까."

"그건, 뭐어……."

"용모 단정, 두뇌 명석, 사람이나 사물을 잘 보는 눈이 있고, 운동도 특기……. 확실히, 나는 비교 대상에 따라서는 천재이고 특별하겠네."

막상 본인이 그렇게 말하자, 새삼스레 굉장하다고 감탄하게 된다.

그러나 아직 부족하다.

야마토에게 세이라를 특별하게 만드는 요소는 그런 정도가 아니다.

그렇기에, 야마토는 자연스레 입에 담았다.

"그 밖에도 아직 있잖아. 묘하게 어긋난 생각이라든가, 덤덤하면서도 독특한 말투라든가, 자연스럽게 이쪽을 두근두근하게 만드는 동작이라든가, 실은 방향치라든가, 지기 싫어한다든가, 좋아하는 음식이 편중되어 있거나, 어린애처럼 고집을 부리거나, 세상 물정을 몰라서 시간관념이 느슨하거나, 즉흥적으로 행동하는 범위가 너무 넓다든가 전부, 전부, 나에게는 특별하기

짝이 없어.”

일단 생각난 것을 어느 정도 말해보자, 세이라는 멍하니 있다가 미소를 지었다.

“굉장하네. 나, 야마토에게는 어마어마하게 특별하잖아. 일부 따지고 싶은 점은 있지만.”

“어딘데? 이의는 받아줄게. 방향치라는 것만큼은 양보할 수 없지만.”

“아하하. 미리 읽혔네.”

즐거운 듯 웃는 세이라를 보고 있으면 가슴이 점점 크게 울리게 된다.

(그리고 그 웃음이라든가, 나에게는 반칙이라고……. 이 말은 역시 할 수 없지만.)

말할 수 없기에, 대신 딱밤을 날렸다.

“아얏. 딱밤은 날리지 마. 언니의 특기니까 열 받아.”

“지금의 특기는 따귀가 아니었어?”

“아~ 그랬지. 그건 이제 맞고 싶지 않아. 정말 아팠으니까.”

뺨을 문지르면서 씁쓸한 표정을 지은 세이라를 보자, 이번에는 야마토가 웃고 말았다.

그러자 세이라가 의기양양하게 씨익 웃었다.

“그래도 그렇다면, 나에게는 야마토도 특별해.”

“어……? 저기, 예를 들어?”

야마토가 무서운 걸 굳이 알고 싶은 마음으로 묻자, 세이라는 으~음 하고 잠시 고민한 뒤 말했다.

"성실한 척하지만 사실은 별로 성실하지 않다거나, 휩쓸리기 쉬운 것처럼 보이면서도 자신이 납득할 수 있는 것 말고는 꺾이지 않는다거나, 자기 일에는 느슨하면서 다른 사람 일이 되면 진심으로 화를 내기도 하고, 내달리기도 하고, 용기를 내기도 하고, 격려하기도 하잖아."

"그게 특별해? 딱히 그렇지도 않고, 그렇더라도 평범한 것 같은데……."

즉, 우등생이라고 할 정도는 아니고, 우유부단해 보이지만 완고한 면도 있고, 남에게 의존하는 측면도 있다……. 야마토는 비뚤어진 심성으로 그렇게 받아들였다.

그런 야마토에게 세이라가 뾰로통한 표정으로 말을 이었다.

"그럼 내 주관적으로 말할게. ──우선, 야마토의 목소리를 들으면 마음이 진정되고, 이야기를 나누다 보면 템포가 맞는 것 같고, 얼굴이 귀엽다고 생각하고, 그래도 의외로 손이나 몸집은 크고, 남자 취급하지 않으면 금방 토라지지만 역시 귀엽고, 가끔 가슴이나 엉덩이를 굉장히 쳐다보지만 안 들켰다고 생각하는 모습이 바보 같지만 귀엽고, 그리고 처음에 밤에 만났을 때, 노래방에서 땀 냄새가 나서 시트를 준 적이 있는데 실은 그 냄새가 왠지 중독될 것 같더라. 그리고──."

"아아, 이제 됐어! 알았어! 알았으니까! 나는 시라세에게는 특별한가 보네! 그리고 시라세는 내가 생각한 것보다 변태였어!"

듣는 쪽이 부끄러워지는 말을 덤덤히 늘어놓는지라, 야마토 쪽이 부끄러움이나 쑥스러움에 항복하고 말았다.

그러나 세이라는 아직 말이 부족한 모양이었다.

"뭐? 변태는 야마토잖아. 얼굴이 헤벌쭉해진 적이 무척 많았는데."

"아니, 너야말로 변태잖아! 애초에 땀 냄새에 중독될 것 같다니 뭐야! 나는 그때 꽤 상처받았거든!"

"그런 건 몰라. 그래도 뭐, 알아준 것 같아서 다행이네."

"알아준 것 같다니. 나는 내가 변태라고 인정한 기억이 없어!"

"그쪽이 아니라, 야마토가 내게는 특별하다는 이야기."

"아……. 뭐, 그건 그렇지."

세이라가 부끄러움도 없이 그런 말을 하자, 역시 못 당하겠다는 걸 실감했다.

그리고 무슨 이야기에서 이런 이야기로 파생되었던 걸까. 야마토는 패닉을 일으키는 바람에 그것도 알 수 없게 되었다.

혼란에 빠진 야마토에게 세이라가 설득하듯 말했다.

"결국은 말이지. 분명 특별하지 않은 사람은 없는 거야. 모두가 누군가에게는 특별하지 않을까? 그런 거."

기이하게도 그것은 세이라의 아버지 레이지로가 했던 말이기도 했기에, 야마토에게는 씁쓸한 기억이 되살아났다.

"그거, 세이라의 아버지한테도 들었어. 그야말로 그 말대로겠지. 지금이라면 조금은 납득할 수 있을 것 같아."

"흐응, 뭔가 싫네. 그래도 야마토가 납득할 수 있게 된 건, 내가 말했기 때문 아니야?"

"그럴지도. ……적어도, 지금의 이 상황은 시라세가 바란 평범한 학교 생활과는 거리가 머네."

야마토가 밤하늘에 손을 뻗으면서 한숨 섞어 말하자, 세이라가 어리둥절한 표정을 지었다.

"응? 잠깐, 후회하고 있어?"

"안 한다고 말할 순 없겠지. 게다가 뭐랄까, 지금은 빨리 어른이 되고 싶다는, 그런 생각을 하고 있어."

"어른이 되면, 몇 시에 밖을 돌아다녀도 불평은 듣지 않을지도 모르겠네."

"금방 그 발상에 도달하는 게 대단하네. 이 불량 소녀."

"뭐~ 불량 소년한테 듣고 싶지 않아."

툭.

거기서 세이라가 어깨에 머리를 기댔다.

"야마토는 말이지. 어른이 되면 뭘 하고 싶어?"

"모르겠네……. 어른이 되고 싶다는 생각이야 막연히 하지만, 어른이 되어서 뭘 하고 싶은지까지는 생각하지 못했어. 시라세가 있다면, 그걸로 충분하다고 생각하지만."

"나와 함께 있기 위해 어른이 되고 싶은 거구나."

"응. 정말이지, 주체성이 없네."

"아니야. 기뻐. 나도 야마토와 함께 있고 싶어."

세이라와 함께 있고 싶다.

그것에 집착한 나머지, 눈앞의 시간을 빼앗기는 걸 견딜 수가 없었다.

그렇기에 반발했다.

도망친다는 수단을 골랐다.

그러나 충동적으로 움직인 탓에, 그 너머에 있는 '행복' 은 깊이 생각하지 못했다.

지금 곁에 있는 소녀의 행복을, 함께 걷는 자신의 행복을 제대로 생각하지 못했던 거다.

그렇기에, 야마토는 한 번 생각을 원점으로 돌렸다.

자신이 세이라와 함께 있으려면 어떻게 해야 하는가.

——그것은 나란히 설 수 있도록 노력하는 것이었다.

그리고 지금, 아니꼽기는 하지만 세이라의 아버지가 길을 제시해 주었다.

노력 여하에 따라 세이라와 계속 걸어갈 수 있는 길을.

그것을 한때의 자존심만으로 내팽개치는 건 너무나도 아깝다. 지금의 야마토는 그런 생각이 들었다.

시험받고 있다면, 넘어서면 되는 이야기다. 요컨대 포기하지 않으면, 세이라와 함께 있어도 상관없다는 거니까.

(어차피 시라세는 일방적으로 나를 끌고 갈 작정이었던 모양이지만.)

만약 야마토가 도전하지 않았어도 세이라는 혼자서 어떻게든 했을 거다.

그러나 그렇더라도 세이라가 힘들어할 때 뒷받침해 줄 수 있는 힘이 필요하다고 생각했다.

적어도 이건 야마토가 노력하기만 하면 되니까, 세이라가 타협점으로 고르려고 한 길을 방해하지도 않는다.

그렇기에, 야마토가 멋대로 따라가기만 하면 되는 일이라고 할 수 있다.

요컨대 그저 자기만족이다.

그래도 여차할 때를 위해서 야마토도 힘을 얻는 게 좋기는 할 거다.

예를 들어 이번에야말로 땅끝까지 함께 도망치기로 했을 때라든가.

그때는 이미 두 사람 모두 성인일 테니, 분명 어디로든 갈 수 있을 테니까.

그런 식으로…….

결의를 새로이 다졌다는 걸 전하기 전에, 야마토에게는 전해야 할 것이 있었다.

하나의 끝을 맞이하게 되었다면――.

"시라세, 나는――."

거기까지 말했을 때, 야마토는 입을 다물었다.

"새근, 새근……."

옆에 앉은 세이라가 귀여운 숨소리를 내며 잠들었기 때문이다.

(…………나도 잘까.)

전할 기회가 꼭 지금이어야 하는 건 아니다.

그저, 빨리 전해야 한다는 건 틀림없다.

부디 다음 기회가 왔을 때 자신이 겁먹지 않기를 빌 뿐이다.

괜히 움직이면 세이라를 깨울 것 같았기에, 야마토는 서로의 어깨에 상의를 걸치면서 두 눈을 감았다.

오늘만으로도 이런저런 일이 있었고, 멀리 나온 피로도 있어서인지 야마토의 의식은 곧바로 멀어져 갔다――.

“으…….”

야마토가 눈을 뜨자, 아직 주변은 어두침침했다.

모닥불이 꺼진 탓인지 굉장히 쌀쌀했다.

옆을 보니, 세이라는 여전히 잠들어 있었다.

(이대로 가면 역시 감기에 걸리겠지…….)

그렇지만, 세이라가 야마토의 가슴팍을 꽉 붙잡고 있어서 거의 움직일 수 없는 상태다.

어쩔 수 없었던 야마토는 이 자세로 이동하는 법―― 공주님 안기를 하고 세이라를 텐트까지 옮기기로 했다.

변함없이 세이라는 가벼워서, 들어 올리기 어렵진 않았다.

그러나 그 대신, 서로의 얼굴이 터무니없이 가까워졌다.

역시 세이라의 잠든 얼굴은 파괴력이 굉장하다. 섣불리 긴장을 풀면 자연스레 이쪽의 얼굴이 끌려들어 갈 것만 같다.

야마토는 후우, 후우, 콧김을 거칠게 내뿜는 걸 느끼면서 깨우지 않게 천천히 걸었지만――.

“으응…….”

작은 목소리가 나오더니, 세이라가 눈을 번쩍 떴다.

야마토에게는 그야말로 최악의 상황에서 눈을 떴기에, 어떻게든 오해받지 않게 수습하려고 했지만.

“좋은 아침. 야마토. ……나, 떠 있어?”

태평하게 인사해서, 야마토도 자연스레 차분함을 되찾았다.
"그, 그래. 좋은 아침. 저기, 이대로 가면 감기에 걸릴 것 같아서 텐트까지 옮겨주려고 했는데……."
"공주님 안기…… 라는, 거네."
"뭐, 뭐어, 어쩌다 보니."
"얼굴, 가까워."
야마토는 움찔하며 크게 몸을 젖혔다.
그러자, 세이라가 확 뿜어버렸다.
"아하하. 나와 키스하는 게 그렇게 싫어?"
"뭐, 뭐어?! 그, 그런 게 아니라!"
"내려줘도 돼. 눈도 떠졌으니까."
일단 들은 대로 내려주자, 세이라는 스마트폰을 확인하면서 크게 기지개를 켰다.
"아직 어둡네. 이제 꽤 시간이 지났는데."
야마토도 스마트폰을 확인하자, 이미 시각은 오전 4시가 지났다. 슬슬 해가 떠도 이상하지 않은 시간이다.
거기서 문득 야마토는 이 근처에 전망 좋은 언덕이 있다는 걸 떠올렸다.
전에 가족끼리 왔을 때는 저녁놀이었지만, 경치가 굉장히 아름다웠다는 걸 기억한다. 지금부터 가면 아침 해가 뜨는 모습을 볼 수 있을지도 모른다.
"있잖아, 눈이 뜨였으면 잠깐 같이 가 줄래?"
"응? 괜찮지만."

그로부터 두 사람은 근처 언덕까지 가기로 했다.
야마토의 기억을 의지하여 가로수길을 나아가자, 목적지를 가리키는 간판이 보였다.
그렇게 10분 정도 지나서 언덕 위에 도착했다.
주변 하늘은 어렴풋이 밝아졌지만, 어떻게든 늦지 않게 온 것 같다.
"흐응, 굉장히 전망이 좋네. 멀리 있는 도시까지 보여."
"그렇지? 옛날에 가족끼리 여기에 온 게 떠올랐거든. 늦지 않은 것 같아서 다행이야."
"아침 해, 보는 거구나. 아직 시간은 있어 보여. 자판기 같은 거 없을까? 추워."
언덕 위라면 표고도 그런대로 있기에, 확실히 추위가 심한 것 같았다.
그렇지만 주변에 자판기 같은 건 보이지 않았다.
그 대신 작은 벤치를 발견했기에, 거기서 둘이 몸을 붙이고 앉았다.
"이렇게 붙어있으면 춥지 않네. 한 달만 더 늦게 왔으면 둘이 있어도 얼어붙었겠지만."
"재수 없는 소리는 하지 말자……."
"젊은 남녀가 사랑의 도피 끝에 동반자살, 같은 느낌으로 인터넷 뉴스에 오를지도."
"있을 법해서 무서우니까 그만해 줘……. 그럴 생각은 없으니까."

"그렇구나?"

장난스레 웃는 세이라를 보고 있으면 마치 그래도 상관없다는 것처럼 보이니까 신기하다.

그로부터 잠시 둘 사이에 대화는 없었다.

여기서 야마토는 어젯밤 결의한 걸 말할 생각이었지만, 좀처럼 말이 나오지 않았다.

제멋대로 의견을 바꿔서 세이라를 휘두르는 게 과연 허락되는지, 지금에 와서 고민하기 시작했기 때문이다.

이럴 때는 한 번 머리를 리셋해야 할 것 같았기에 먼 곳의 경치를 바라봤다.

밝아오는 하늘 아래, 불빛이 없는 도시의 거리는 한산해서 보기만 해도 마음이 진정되었다.

옆에 맞닿은 온기가 있기에, 언뜻 보면 쓸쓸한 경치를 아름답게 느끼는 건가 싶어서 감상적인 기분이 들었다.

가슴 속에 품은 마음을 전한다면, 두 사람이 지금까지 쌓아온 관계는 끝을 맞이하게 된다.

그런 막연한 예감이 야마토의 마음에는 있었다.

그것을 쓸쓸하게 생각하면서도, 전해야만 한다는 것도 느끼고 있었다.

"——고마워."

거기서 세이라가 문득 말했다.

갑작스러웠다.

그 짧은 감사의 말은, 야마토가 말하고 싶어도 주저했던, 이른바 끝을 고하는 말처럼 느껴졌다.

그래서인지, 야마토는 그 말을 이어받듯이 말했다.

"이쪽이야말로, 나의 어리광에 어울려 줘서 고마워."

야마토는 묵묵히 말을 기다려 준 세이라에게 감사하면서 말을 이었다.

"생각이, 정리됐어. 이것도 시라세 덕분이야. ——그래도, 그 전에 전해야 할 게 있어."

"어?"

그 말은 세이라에게는 의외였는지, 조용히 고개를 돌렸다.

거기서 야마토는 몸을 살짝 떼어놓고, 세이라와 마주했다.

아침 해가 떠오르면서, 하얀 빛이 두 사람을 밝게 비추는 가운데——.

"——난 시라세를 좋아해."

야마토는 어리둥절한 기색인 세이라를 똑바로 바라보면서 고백했다.

"그러니까 나와, 사귀어 주면 좋겠어."

그러자 세이라는 뜸 들이지 않고 말했다.

"응. 나라도 괜찮다면. 나도 야마토를 좋아하니까."

"…………."

그 대답을 듣고 어안이 벙벙해진 야마토를 본 세이라가 못을 박듯이 말을 이었다.

“물론 연애적인 의미야. 그보다, 정말 좋아해.”

그렇게 말하며 쑥스러운 듯 웃는 세이라를 본 야마토는 겨우 그 마음을 솔직히 받아들일 수 있었다.

“그렇구나, 다행이야……. 정말로 다행이야……. 솔직히 무지막지하게 기쁘고, 안심도 되고, 놀라기도 했어.”

“놀랐어?”

“그야 그렇지. 그치만 시라세도 나를 좋아한다니……. 대체 언제부터 그렇게 생각했어?”

이미 마음을 꾸밀 필요도 없어졌기에, 야마토는 신경 쓰이던 걸 직구로 물어봤다.

그러자 세이라는 우물쭈물하면서 대답했다.

“좋아한다는 확신을 가지게 된 건, 귀성 무렵이려나. 야마토와 떨어졌을 때, 이것저것 생각하다 보니 납득한 느낌. 그래서 전화로 목소리를 들었을 때, 줄곧 두근두근했었어.”

“그, 그렇구나. 여름방학이 끝나고 나서도 전혀 그런 기색이 보이지 않아서 눈치채지 못했어.”

“아마 나에게는 지금까지의 인생 중에서 가장 중요한 선택이라고 생각했으니까. 역시 신중하게 되었다고나 할까, 상황도 상황이었고.”

상황이라는 건, 아버지가 야마토의 신변을 조사했다고 밝힌 것을 뜻하는 것이리라. 확실히 섣불리 마음을 전할 상황은 아니었을지도 모른다.

"뭐, 뭐어, 그렇기는 하네."

"그래도 만약 내가 마음을 전한다면, 야마토는 다정하니까 분명 자기 마음이 어떻든지 받아들여 줄 것 같았어. 그래도 상황적으로 그건 좀 치사한 것 같아서, 내가 먼저 말할 순 없었어."

"신경을 쓰게 해버렸네. 미안."

"아니야. 어쩌면 야마토도 같은 마음일지도 모른다고 생각했고, 기다리는 것도 두근두근했어. 답답하기도 했지만."

"역시 신경 쓰고 있었잖아. ……기다리게 해서 미안해."

"사과만 하네. 모처럼 연인 사이가 되었는데."

세이라가 뺨을 부풀리며 뾰로통해졌다.

연인 사이라는 단어가 나오자, 야마토는 쑥스러워하면서도 그 손을 잡았다.

"그러게. ——고마워, 세이라."

"아…… 이름으로 불러줬네. 나야말로 고마워, 야마토."

세이라는 진심으로 기쁜 듯 표정을 활짝 폈다.

그리고 얼굴을 붉히면서 끄덕이는 야마토를 보던 세이라가 뭔가 떠오른 듯 말했다.

"있잖아, 그러고 보니."

"응?"

"나, 야마토와 키스를 해보고 싶어."

"뭐?!"

"안 될, 까?"

가까이에서 살짝 치켜뜨자, 야마토의 심장은 폭발할 정도로 크게 뛰었다.

"아니, 저기, 그런 건, 단계를 밟고 나서 해야 한달까……."

"응."

거기서 세이라가 돌아보더니, 눈을 감았다.

이렇게까지 해주고 있는 만큼, 야마토도 도망치지 않고 각오를 다졌다.

꿀꺽.

야마토는 침을 삼키면서 세이라의 양어깨에 손을 올렸다.

그리고 천천히 다가가서.

그 연분홍색 입술에, 살며시 키스를 했다.

"……해버렸네."

"…………그래."

"아하하, 얼굴 새빨개."

"세이라도 조금 빨갛다고."

"그치만, 퍼스트 키스라니 쑥스럽잖아."

"나도 처음이었고, 마음은 같아."

"그래도 키스는 뭔가, 중독될 것 같달까……. 있잖아. 한 번 더 하지 않을래?"

"알았어."

그렇게 두 사람은, 두 번째 키스를 나눴다.

이번에는 확실하게, 서로의 입술을 맞대면서——

그로부터 잠시 시간이 흐른 뒤.

이미 떠오른 아침 해를 바라보면서, 야마토는 조용히 중얼거렸다.

"나는 바보네. 이런 늦은 타이밍에 겨우 깨닫다니."

"그건, 장래 이야기?"

"응. 우리의 장래에 관한 이야기야."

추상적인 말이었지만, 그래도 세이라에게는 전해진 모양이다.

이대로 도망치기만 해서는 행복해질 수 없다.

그걸 깨달은 야마토가 말을 꺼낸 것이다.

그러자, 세이라는 슬쩍 미소 지었다.

"그렇다면 늦지 않았어. 오히려 지금 깨달아서 다행이잖아. 우리, 아직 지금부터니까."

"지금부터, 인가."

"응. 지금부터. 야마토가 어떤 길을 걷더라도, 나는 힘낼 수 있어."

세이라는 처음부터 싸울 의지를 보였다.

지금 시점에서 대항할 수 없다는 건 세이라도 알고 있겠지.

그렇기에, 야마토도 각오를 다질 수 있었다.

설령 자신의 신죠에서 등을 돌리더라도, 『지금』을 희생하게 되더라도――.

"그럼, 나도 싸울게. 세이라와 함께 싸우겠어."

"야마토……."

“나도 성장해서, 세이라의 아버지에게 인정받는 거야. ——내가 앞으로도 세이라의 곁에 있는 걸 말이지.”

세이라는 순간 놀랐지만, 곧바로 웃으면서 몸을 기댔다.

“응. 고마워. 같이 힘내자.”

설령 한때는 떨어지더라도.

마음의 연결이 끊어지지는 않는다. 지금의 두 사람은 그걸 이해하고 있었다.

그걸 다시 확인하고자 서로의 손을 마주 잡고.

한 번 더, 두 사람은 입술을 맞췄다——.

에필로그 일곱 번째 눈이 내리는 거룩한 밤에

계절은 겨울. 연인들이 보내는 크리스마스 이브날 밤.

반짝이는 조명이 거리를 채색하는 가운데, 정장 차림의 야마토가 종이봉투를 한 손에 들고 달리고 있었다.

"나 참. 약속 장소는 역 앞이라고 했는데……!"

주변을 돌아봤지만, 여기저기 사람이 넘쳐나서 찾는 인물의 모습은 보이지 않았다.

특히 인파가 많은 큰길에는 커다란 트리 장식이 있고, 크리스마스라면 익숙할 배경음악이 흐르고 있다. 커플이나 가족 일행이 눈에 띄고, 다들 어딘가 들떠 있는 것처럼 보였다.

그런 사람들과는 달리 야마토에게는 초조함만이 쌓였지만, 상업 빌딩 한 면을 장식하는 거대한 광고 앞에서 발이 멈췄다.

그곳에 실린 건 발매하는 싱글이나 앨범은 즉시 매진, 공개된 MV는 1천만을 넘는 시청 횟수를 자랑하는 대히트 싱어인 동시에 인기 잡지의 전속 모델까지 맡으면서 10대를 중심으로 폭넓은 층의 지지를 모으고 있는, 차세대 가희라 부를 만한 여성이었다.

이름은 『SEIRA』.

야마토는 그 광고를 멍하니 바라보고 있었지만.

――우~웅.

거기서 스마트폰이 새로운 메시지가 온 걸 알렸기에 서둘러 확인했다.

그러자 상대는 에이타였다.

『메리 크리스마스~! 나는 아내랑 아이들과 같이 하와이 여행 중이라고~♪』

동영상까지 첨부되어 있었는데, 알로하 셔츠를 입은 에이타 옆에는 양호 교사인 후지타(옛 성) 선생님의 모습이 있고, 세 아이와 함께 화목하게 비치고 있었다. 두 사람은 에이타의 고등학교 졸업 후, 금방 결혼했다.

"태평하네. 이쪽은 지금 그럴 경황이 아닌데 말이지."

에이타에게 적당히 『메리 크리스마스. 그쪽은 즐거워 보여서 다행이야.』라고 답신을 보내고는 다시 주변을 돌아봤다.

그러나 역시 거리에는 찾는 인물의 모습이 보이지 않았다.

――우~웅.

거기서 다시 스마트폰이 진동했다.

또 에이타인가 해서 짜증을 내며 확인해 보니, 이번에는 아니었다.

『분수 광장에서 미아와 노는 중.』

"미아는 자기잖아……."

어이없어하면서도 행선지를 알아냈기에 서둘러 향했다.

근처 분수 광장에 도착하자, 형형색색의 조명이 비추는 빛 속에서 그럴싸한 인물의 모습이 보였다.

회색 기운이 감도는 머리를 허리까지 기르고, 테가 큰 안경을 쓰고, 하얀 트렌치코트를 입은 그 모습은 무척이나 눈에 띄었다.

미아로 보이는 작은 여자애가 우는 앞에서, 몸을 굽힌 그녀가 흥얼거렸다.

“We wish you a merry Christmas and a happy New Year~♪”

속삭이듯이 크리스마스 송을 부르자, 여자애는 울음을 그치고 짝짝 박수를 보냈다.

“언니, 노래 잘 부르네!”

“후후, 뭐 그렇지. 모처럼 크리스마스니까, 울면 아깝잖아.”

“응!”

여자애가 기운을 되찾자, 말을 걸 타이밍을 계산하던 야마토가 다가갔다.

“찾았잖아, 세이라. 이런 곳에서 뭐 하고 있어?”

그 옆얼굴에 말을 걸자, 여성—— 세이라가 일어나서 어리둥절했다.

“어라? 변장하고 있었는데 금방 들켰네.”

“패션 안경뿐이라면 의외로 알아보는 법이야. 나 참, 조심성이 부족하다고 해야 할지.”

“메이한테는 완벽하다고 들었는데~.”

세이라는 납득이 안 간다는 듯 패션 안경을 벗었다.

그 얼굴은 역시나 아름다웠고, 요 몇 년 사이 더더욱 갈고닦인 것처럼 보였다.

자칫하면 넋을 잃을 것 같았기에, 야마토는 헛기침하면서 본론으로 들어가려 했다.

"있잖아, 세이라. 오늘은 이따가 라이브 공연이 있잖아. 그러니까——."

——삐삐삐.

거기서 세이라의 스마트폰이 울렸다.

야마토가 신경 쓰지 말고 받으라고 재촉하자, 세이라는 스마트폰을 확인했다.

"아, 호랑이도 제 말 하면 온다더니. ——여보세요? 메이? 어? 밖에서는 제대로 매니저라고 부르라고? 아~ 알았어. 지금은 야마토하고 있어. 바꿔줄까? ……어라."

아무래도 전화는 바로 끝났는지, 세이라는 어리둥절하면서 얼굴을 이리로 돌렸다.

"끊어졌네. 라이브 일로 이야기가 있었던 것 같은데, 나중에 해도 된대."

"하하하……. 가희 『SEIRA』가 이렇게나 자유인이니 타마키 양도 고생하네."

가희 『SEIRA』. ——그건 시라세 세이라다.

그로부터 아버지는 배우나 아이돌 등등 다양한 길을 제시했고, 그중에서 세이라가 고른 것이 가수의 길이었다. 모델 일은 이른바 덤이라고 한다.

전학한 고등학교에 재학 중일 때 데뷔한 세이라는 순식간에 결과를 냈고, 일약 스타가 되었다.

그리고 4년제 부속 대학을 졸업한 지금도 가수 활동을 이어가고 있다.

참고로 메이는 현재 세이라의 전속 매니저로 일하고 있으며, 여러모로 휘둘리면서도 충실한 나날을 보내고 있다고 한다.

"언니, SEIRA야?"

대화를 듣던 여자애가 신기한 듯 물어보자, 흠칫한 야마토와는 달리 세이라는 검지를 입술에 대며 대답했다.

"쉬~잇, 이야. 아까 노래는 특별하니까."

세이라가 윙크를 섞으며 말하자, 여자애는 눈을 반짝이며 끄덕였다.

덕분에 주변에 정체가 들키지는 않은 모양이다.

"팬서비스도 완전히 몸에 밴 것 같네."

야마토가 반쯤 어이없어하며 말하자, 세이라는 멍한 느낌으로 대답했다.

"뭐, 그렇지도 않아. 언니는 아직 가볍다고 하니까."

"그거, 레이카 씨한테만큼은 듣고 싶지 않은데……."

"해외를 방랑하기만 하는 사람에게는, 아무래도 밀리지. ——아, 해외라고 하니."

거기서 세이라가 떠올랐다는 듯 손을 탁 두드렸다.

"정월에는 츠바키도 돌아오는 것 같아. 어제 연락이 왔어."

그 이야기를 들은 야마토는 거북한 듯 시선을 돌렸다.

"흐, 흐응……. 코사카 씨는 일본 발레단 소속이고, 지금은 유럽 각국을 원정 중이었지?"

"맞아맞아. ――근데, 야마토는 요전에 츠바키한테 고백받아서 찼었지?"

"으극."

"그래도 츠바키, 포기하지 않는다고 하던데~."

"하, 하하……. 곤란하네, 정말로."

그건 몇 달 전의 일이다.

애초에 츠바키에게는 이미 몇 번이나 고백을 받았고, 야마토는 그걸 모두 '세이라가 소중하니까' 라는 이유로 거절했지만, 전혀 단념할 기색이 없다.

"츠바키, 끈질기니까~."

"뭐, 그 집념으로 대성공을 쟁취하기는 했지."

"빤~히."

말 그대로, 세이라가 빤~히 보면서 눈을 흘겼다.

아무튼 거북해진 야마토는 시선을 맞추지 않은 채 일단 화제를 바꾸기로 했다.

"그, 그러고 보니, 올해도 정월은 우리 집으로 올 거야? 엄마도 만나고 싶어 해."

"갈래~ 요우도 만나고 싶으니까. 근데 야마토, 너무 노골적으로 화제를 바꾸는 거 아니야?"

"그, 그렇지는……. 이제 좀 봐줘."

"딱히 상관없지만. ――그나저나, 아이 어머니가 안 오네."

세이라의 말대로, 아무리 지나도 미아 여자애의 어머니가 나타나지 않아서 슬슬 여자애를 경찰에게 데려다줘야 하나 고민하던 직후.

"——아, 엄마!"

거기서 마침 여자애가 어머니의 모습을 찾은 모양이었다.

여자애가 뛰어가고, 모녀가 같이 인사했다.

"찾아서 다행이네."

"그러게."

"그나저나 이제부터 어쩔 거야? 천천히 데이트할 시간은 별로 없는데."

세이라가 마음을 다잡은 듯 덤덤히 물었다.

그때, 분수에 조명이 들어오면서 주변 일루미네이션의 빛과 함께 크게 빛났다.

이때라는 듯 돌아본 야마토는 세이라를 똑바로 보며 말했다.

"세이라, 생일 축하해. 이거 선물."

손에 든 종이봉투에서 상자를 꺼내 건네자, 세이라는 기뻐하며 미소 지었다.

"와~ 고마워. 열어봐도 돼?"

"그럼, 열어봐."

세이라는 그 자리에서 기다리지 못하는 아이처럼 좋아하며 재빨리 포장을 뜯었다.

안에서 나온 건, 헤드폰이었다.

"아, 이거, 요전에 갖고 싶다고 했던 거. 사지 말라고 했던 건 오늘을 위해서였구나."

"뭐, 뭐어, 그렇지. 기뻐?"

"응, 기뻐. 고마워, 야마토."

행복한 듯 웃는 세이라를 본 야마토는 가슴이 확 따스해졌다.

"올해도 축하할 수 있어서 다행이야. 세이라, 그로부터 줄곧 바쁜 것 같았으니까."

"그렇게 말하면 야마토야말로 굉장히 열심히 일하고 있었잖아. 아버지도 마지못한 표정으로 '그럭저럭 눈여겨볼 구석은 있군.' 이라고 했어. 그 사람도 이제 실질적으로는 야마토를 인정한 셈이야."

"하하, 다시 보게 해주겠다고 결심하고 노력해 왔으니까. 아직 멀었지만, 되어가고 있다는 느낌은 받고 있어."

요 몇 년은 야마토에게도 정말 바쁜 나날이었다.

고등학교 졸업 후에는 어떻게든 유명 대학에 들어갔고, 대학생이 되어서도 공부하는 짬짬이 아르바이트나 인턴으로 사회 경험을 쌓고, 세이라의 아버지나 기타 관계자와도 몇 번이고 충돌했다. 질책을 들은 적도 적지 않다.

그리고 올해, 만반의 준비를 하고 세이라의 아버지에게 소개받은 회사에 취직하고 나서는 이제 막 설립된 새로운 부서에 배속되어 느닷없이 결과를 내야 하는 나날을 보냈지만, 훌륭하게 그에 부응해 보였다.

야마토가 이렇게 노력할 수 있었던 건 오로지 세이라가 있었기 때문이다. 함께 노력하는 세이라의 모습을 보면서, 뒤처지지 않도록 언제나 필사적이었다.

그런 야마토가 다시금 의욕을 내는 모습을 본 세이라가 조금 불안한 모습을 보였다.

"영상이나 홍보 같은, 이것저것 다방면으로 사업이나 절충을 담당하는 부서라고 들었는데……. 요전에 야마토가 스튜디오에 왔을 때는 역시 깜짝 놀랐어. 신인인데 기획까지 맡다니 큰일이라는 말을 메이한테 들었는데, 몸 같은 건 괜찮아?"

"확실히 수면은 좀 부족하기는 하지만, 쉴 때는 쉬고 있고, 무엇보다 실력을 인정받고 있으니까. 그것에는 달성감이 있고, 나도 세이라에게는 질 수 없으니까."

"야마토, 멋있네."

"그렇지? 앞으로 더욱 성장해서, 언젠가는 기업을 일으킬 생각이야. ——하지만, 그 전에."

갑자기 야마토가 꾸물거리기 시작하자, 세이라가 의아한 듯 고개를 갸웃했다.

"화장실?"

"아니야! 정말이지, 배려심이 없는 건 변함이 없네! 아무리 지나도 어린애 같다고 해야 할지."

"뭐, 이제 아이는 아니지만. 선도를 받지도 않고."

어째서인지 의기양양하게 말하는 세이라를 본 야마토는 어이없어하면서도 화제를 바꿨다.

"그건 넘어가고, 오늘 밤은 세이라의 버스데이 라이브가 있잖아? 시작까지 앞으로 두 시간 남았으니까, 이제 그다지 함께 있을 수는 없겠네."

"응. 회의라든가 사전 체크도 있으니까. 지금도 잠시 빠져나온 느낌이고."

"그렇겠지."

"그래도, 끝나면 만나러 갈 건데? 아마 날짜가 바뀐 이후가 되겠지만."

"그럼, 역시 지금이 아니면 안 되겠네. ――세이라, 중요한 이야기가 있어."

"어?"

갑자기 야마토가 진지한 표정을 지은 걸 본 세이라가 표정을 굳혔다.

조명 장식의 빛이 비치는 그 눈에 동요하는 기색이 떠올랐다.

"좋은 이야기? 아니면, 나쁜 이야기?"

"그건, 우리에게 달렸지."

"우리에게 달렸다니……. 최근에 자주 만나지 못한 것하고 관계가 있어?"

"…………."

세이라가 예상 이상으로 동요하는 탓에, 야마토도 좀처럼 본론을 꺼내지 못했다.

아무래도 세이라는 세이라 나름대로 최근 생각하는 바가 있었던 모양이다.

그에 관해서는 나중에 벌충하기로 하고, 야마토는 헛기침을 했다.

"정말로 중요한 이야기니까, 제대로 들어줬으면 좋겠어."

"아, 응. 알았어……."

야마토는 세이라를 똑바로 응시했다.

그리고 각오를 다지려는 듯, 스으읍 숨을 들이쉬었다.

"시라세 세이라 씨."

"네."

이름을 부르자, 세이라가 자세를 바로잡았다.

세이라의 눈동자를 똑바로 응시한 야마토가 고백했다.

"──평생 소중히 할 테니, 저와 결혼해 주세요."

반지 케이스를 내민 야마토가 프러포즈의 말을 입에 담았다.

세이라는 놀라서 눈을 크게 뜨더니, 한줄기 눈물을 흘리면서 ──.

"──네, 기꺼이."

웃으며 끄덕였다.

"해, 해냈다아──!"

무심코 승리 포즈를 취한 야마토가 환희의 목소리를 높였다.

사회인이 된 야마토는 전부터 사랑하는 연인의 생일인 이날 일생일대의 대승부에 나서기로 결심했었기에, 염원이 성취된 것이 기뻐서 어쩔 수가 없었다.

그 목소리는 분수 광장 전체에 울려 퍼져서 주변 사람들의 시선을 모았다.

세이라의 정체가 들키면 곤란하기에 즉시 침묵한 야마토를 본 세이라가 눈물을 닦으며 말했다.

"그거, 약혼반지지? 끼워줘."

"그래!"

세이라의 왼손 약지에 약혼반지를 끼우자, 사이즈가 딱 맞았다.

"와아, 예쁘다……."

세이라는 행복한 듯, 몽롱하게 반지를 응시했다.

"진짜 예쁘네……."

반지를 낀 세이라를 본 야마토는 감격한 나머지 눈가에 눈물이 맺혀있었다.

조명 장식의 빛을 받으며 미소 짓는 세이라는 처음 말을 나눴던 밤의 만남을 떠올리게 해서 더더욱 눈물샘을 자극했다.

"있잖아, 야마토."

"뭔데?"

"나, 아이는 많이 갖고 싶어."

"하, 하하……. ——맡겨둬!"

세이라의 말이 직구인 건 딱히 지금 시작된 건 아니다.

프러포즈 직후에 바로 가족계획을 말하기 시작하는 것도 세이라답다고 할 수 있을지도 모른다.

세이라는 여전히 웃으면서 말을 이었다.

"이걸로 열애 보도라든가, 숙박 데이트 사진 같은 걸로 소란이 벌어지지 않겠네. 앞으로는 당당히 다닐 수 있겠어."

"세, 세이라 씨……? 혹시, 꽤 참고 계셨나요……?"

"뭐, 그렇지. 너무 늦으면 내가 먼저 프러포즈하려고 생각할 정도로는."

"하하하……. 늦지 않아서 다행이야. 정말로."

야마토는 후우, 하고 가슴을 쓸어내렸다.

거기서, 야마토의 코끝에 차가운 감촉이 닿았다.

눈이 내려온 것이다.

"눈이야, 야마토."

"그래."

세이라가 하늘을 올려다보며 들뜬 듯 양손을 펼쳤다.

"하늘도 우리를 축복해 주고 있어."

역시 야마토는, 이런 말을 부끄러움도 없이 하는 세이라에게 끌리고 만다.

그때, 이쪽으로 몸을 돌린 세이라가 눈을 감았다.

반지가 빛나는 그 손을 잡고, 살며시 입술에 키스를 했다.

"세이라, 사랑해."

"나도, 야마토를 사랑해요."

마음을 전하고 서로를 응시한 두 사람은 진심으로 웃었다.

반짝이는 야경에 겹친 두 사람의 그림자는, 언제까지고 떨어지지 않았다――.

후기

오랜만입니다. 처음 뵙는 분은 처음 뵙겠습니다. 토즈카 리쿠입니다.

이번에 『방과 후의 성녀님이 고귀하기만은 않다는 것을, 나는 알고 있다』 4권을 구입해 주셔서 진심으로 감사합니다.

이렇게 4권이 나올 수 있었던 것은 응원해 주신 여러분 덕분입니다.

이번 권에서는 계절이 바뀌어서, 가을로 접어들었을 때부터 이야기가 시작됩니다.

평범한 야마토와, 어딘가 속세에서 동떨어진 세이라.

두 사람이 서로를 생각하고, 서로의 행복을 위해 전력으로 나아가는 모습을 그렸습니다.

즐거운 시간은 순식간에 지나가는 법이지만, 그래도 그 한때를 소중히 여겼으면 하는 마음을 담았습니다.

서툰 두 사람이 보내는 청춘의 결말을 꼭 지켜봐 주셨으면 좋겠습니다.

마지막으로 감사의 멘트를.

편집자님, 그리고 이 작품의 출판에 관여하신 여러분, 이번에도 감사합니다.

일러스트를 담당해 주신 타쿠본 님. 근사하고 고귀한 일러스트로 본작을 채색해 주셔서 감사합니다.

그리고 독자 여러분. 본작을 읽어주셔서 정말로 감사합니다. 앞으로도 한층 즐기실 수 있도록 힘쓰겠으니, 아무쪼록 잘 부탁드립니다.

여기까지 읽어주셔서 감사했습니다.

또 어딘가에서 만나 뵐 수 있기를 바라며.

토즈카 리쿠

방과 후의 성녀님이 고귀하지만은 않다는 것을 나는 알고 있다 4

2025년 11월 20일 제1판 인쇄
2025년 12월 01일 제1판 발행

지음 토즈카 리쿠
일러스트 타쿠본

제작 · 편집 노블엔진 편집부

발행 데이즈엔터(주)
등록번호 제 2023-000035호
주소 07551 서울특별시 강서구 양천로 570 NH서울타워 19층
대표전화 02-2013-5665

ISBN 979-11-380-6365-4
ISBN 979-11-380-5788-2 (세트)

구매 시 파손된 도서는 구매처에서 교환하실 수 있습니다.
기타 불편사항, 문의사항이 있으신 독자님께서는 노블엔진 홈페이지
[http://novelengine.com] 에서 Q&A 게시판을 이용해 주시기 바랍니다.

TV 애니메이션 제작 중! 2026년 방영 예정!
'반에서 두 번째'인 소녀와의 풋풋한 청춘&연애 스토리!

반에서 두 번째로 귀여운 여자애와 친구가 되었다

1~5

애니메이션 제작 중

안면을 튼 사람조차 없었던 나, 마에하라 마키에게 처음으로 생긴 친구, 아사나기 우미.

남자애들 사이에서 '반에서 두 번째로 귀엽다'는 평판이 있고, 천진난만한 반 최고의 미소녀 아마미와도 싹싹하게 잘 맞춰주며 어울리는 아사나기는 금요일 방과 후에 몰래 우리 집에 놀러 오는데——

"얼른 옆에 앉아. 같이 만화 볼 거니까."

"여긴 내 침대인데……."

"지금은 내 침대야. 자, 이리 온?"

——아사나기, 거리가 너무 가깝지 않아?

평범남과 '반에서 두 번째'인 히로인,
현실적인 '친구' 러브 코미디!

NOVEL ENGINE

타카타 지음 | **휴가 아즈리** 일러스트 | **2025년 11월 제5권 출간**

청춘의 상상, 시동을 걸어라!